HÉSIODE ÉDITIONS

PAUL BOURGET

L'Échéance

Hésiode éditions

© Hésiode éditions.

1 rue Honoré - 93500 Pantin.
ISBN 978-2-38512-031-3
Dépôt légal : Octobre 2022

Impression Books on Demand GmbH

In de Tarpen 42
22848 Norderstedt, Allemagne

L'Échéance

I

Quand on écrira une histoire des idées en France au dix-neuvième siècle, une des périodes les plus difficiles à bien caractériser sera celle de la génération d'après la guerre de 1870. Jamais en effet influences plus contradictoires ne se trouvèrent jouer à la fois sur la direction des esprits. Les jeunes gens qui entraient dans la vie à cette date rencontraient, chez leurs aînés immédiats, l'ensemble des conceptions philosophiques élaborées sous le second empire. M. Taine et M. Renan étaient les deux plus illustres représentants de ces doctrines. Ce n'est pas ici le lieu d'en reprendre le détail. Il suffit de rappeler que la foi absolue à la Science en faisait comme la base, et que le dogme de la nécessité circulait d'un bout à l'autre de l'œuvre de ces maîtres, en formules, chez le premier plus âprement nettes, chez le second plus subtilement déguisées. Qu'ils le voulussent ou non, leur enseignement aboutissait au plus entier fatalisme. L'historien de la Littérature Anglaise nous apprenait à considérer toute civilisation comme le produit de la race, du milieu et du moment, tandis que l'auteur de la Vie de Jésus nous montrait l'évolution de la pensée religieuse à travers les âges comme dominée par des lois naturelles, aussi fixes que celles qui gouvernent le développement d'une espèce animale ou végétale. De telles hypothèses peuvent se concilier, chez des hommes faits, avec les scrupules de la moralité et les énergies de l'action. Pour des jeunes gens, elles ne dégageaient qu'un principe de négation et de pessimisme, et cela, précisément à l'heure où les désastres de la guerre et de la Commune venaient de frapper si durement la patrie et d'imposer à nos consciences l'évidence du devoir social, l'obligation de l'effort utile et direct. L'antithèse était trop aiguë entre les théories professées par nos maîtres les plus admirés, les plus aimés, et les besoins d'action que l'infortune du pays, nous mettait, malgré nous, au cœur. Cette antithèse, un au moins des deux grands écrivains que je nommais tout à l'heure l'a certainement sentie lui-même. Si M. Taine n'avait pas redouté l'influence paralysante de son œuvre, aurait-il voué son âge mûr aux énormes travaux d'histoire contemporaine qui font de son dernier et magnifique livre le bréviaire politique de tout bon Français ? Il lui a fallu un opiniâtre labeur d'un quart de siècle pour opérer une réconciliation entre la Croyance et la Science, entre la morale civique et la psychologie, entre les constructions de sa philosophie et les réalités nationales. Un tel problème n'était pas à la portée de nos vingt ans. Nous voyions, d'un côté, la France atteinte profondément. Nous sentions la responsabilité qui nous incombait dans sa déchéance ou son relèvement prochains. Sous l'impression de cette crise, nous voulions agir. De l'autre côté, une doctrine désespérante, imprégnée du déterminisme le plus nihiliste, nous décourageait par avance. Le divorce était complet entre notre intelligence et notre sensibilité. La plupart d'entre nous, s'ils veulent bien revenir en arrière, reconnaîtront que l'œuvre de leur jeunesse fut de réduire une contradiction dont quelques-uns souffrent encore, quoique la vie ait exercé sur eux aussi son inévitable discipline, qui consiste à nous faire accepter de telles antithèses comme la condition naturelle des âmes modernes. Elles sont composées d'éléments trop disparates pour jamais se simplifier entièrement.

Etrange jeunesse, et dont les plus vifs plaisirs étaient des discussions d'idées abstraites ! Sur le point d'en rapporter un épisode, il m'a semblé qu'il fallait lui donner sa tonalité morale par ce rappel des conditions d'anxiété intellectuelle où nous grandissions. Le drame de famille que je veux conter ne serait par lui-même qu'un fait divers, peut-être un peu moins banal que beaucoup de faits divers. Mais celui de mes amis qui en fut le héros et la victime avait à un très haut degré ce caractère commun à notre génération : les problèmes de son existence quotidienne se transformaient aussitôt en problèmes de pensée, et ce fait divers devint pour lui une crise de responsabilité vraiment tragique. A-t-il regardé d'un regard très lucide la situation où il se trouva pris ? A-t-il donné à des événements, par eux-mêmes douloureusement singuliers, une signification par trop arbitraire, et résolu dans le sens d'un scrupule excessif une difficulté d'ailleurs bien cruelle ? Pour moi, qui fus un témoin troublé de cette aventure, j'ai traversé à l'égard de mon ami et du parti où il s'est rangé deux états successifs et très différents. A l'époque où les événements dont je vais faire le récit se déroulaient, j'avais adopté comme un indiscutable axiome qu'il n'y a pas dans la nature trace de volonté particulière. Je ne croyais donc en aucune manière à cette logique secrète du sort que les chrétiens appellent la Providence et que les positivistes définissent par la formule, non moins obscure, de justice immanente. La tragédie où mon ami crut voir la révélation d'une force vengeresse, toujours prête à atteindre le criminel dans les conséquences imprévues de son crime, m'apparut comme un des innombrables jeux du hasard. Aujourd'hui l'expérience m'a trop souvent montré combien est exact le « Tout se paie, » de Napoléon à Sainte-Hélène, par quels détours le châtiment poursuit et rejoint la faute, et que le hasard n'est le plus souvent qu'une forme inattendue de l'expiation. J'incline donc à croire avec Eugène Corbières, – c'était le nom de mon camarade, – que le drame auquel ces trop longues réflexions servent de prologue, fut véritablement une de ces échéances auxquelles croyait l'Empereur. Celle-ci fut humble et secrète. Il en est d'éclatantes et de retentissantes. Peut-être l'esprit d'équité qui gouverne les choses humaines apparaît-il comme plus redoutable dans ses plus obscures exécutions.

J'ai dit que Corbières était mon camarade. Nous nous étions connus au lycée Louis-le-Grand, dont il suivait les cours en qualité d'externe, tandis que j'étais, moi, externe aussi, mais élève d'une institution fermée. Dans ces vastes fournées scolaires que l'on appelait des classes, une telle connaissance n'était qu'un prétexte au tutoiement. Nous avions, Eugène et moi, écouté les mêmes professeurs, appris les mêmes leçons, mis en vers latins les mêmes matières, plusieurs années durant, sans nous être parlé que pour nous dire : « bonjour, bonsoir. » Nous fîmes la découverte l'un de l'autre, comme il arrive souvent à des condisciples de collège, après le collège, et quand nous nous trouvions tous deux engagés sur des chemins bien opposés. Mais justement nous apportions à des travaux, d'ordres différents jusqu'à en être contradictoires, ce même souci des problèmes de notre temps, ce même besoin de mettre en accord le déterminisme intellectuel et l'action civique, où je crois discerner la marque particulière de notre génération. C'était au printemps de 1873 qu'eut lieu ce renouveau de camaraderie, et à la suite d'une rencontre qu'il me faut bien, celle-là, uniquement attribuer au hasard. Les moindres circonstances m'en sont présentes avec une précision extrême : je sortais d'un café, maintenant disparu, qui occupait l'angle de la rue de Vaugirard, en face du Luxembourg et de l'Odéon. Là se réunissait un petit cercle de jeunes écrivains, aujourd'hui dispersés, qui avaient la naïve fantaisie de se dénommer eux-mêmes les « vivants ! » Je croyais faire acte d'homme de lettres, en perdant plusieurs heures par jour dans la joyeuse et paradoxale société de ces aimables compagnons, qui laissaient insatisfaite la partie la plus intime de mon intelligence. Ils étaient tous uniquement des artistes littéraires, – quelques-uns déjà supérieurs, – et moi, j'étais, dès lors, beaucoup plus préoccupé d'analyse que de style, et de psychologie que d'esthétique. Je les quittais toujours mécontent de moi-même, d'abord parce qu'avec eux j'avais causé au lieu de travailler, et aussi parce que la sensation de leur personnalité trop contraire me faisait douter de la mienne. Je me revois, cet après-midi-là, vers les trois heures, franchissant la grille du jardin et marchant, le long de l'allée, en proie à cette mélancolie de la solitude spirituelle, si intense chez les êtres jeunes. Je revois Corbières, venant en sens inverse, et m'abordant avec un de ces sourires de sympathie qui, entre anciens copains, s'adressent bien moins à l'individu qu'à ce passé commun dont on éprouve déjà un peu de regret. Là-dessus, nous commençons de nous questionner l'un l'autre, en faisant quelques pas ensemble. J'apprends à Corbières que je m'occupe de littérature. Il m'apprend qu'il s'occupe de médecine, et je l'entends, au cours de cet entretien, qui aurait dû être tout superficiel, m'expliquer ce choix de carrière par des motifs d'un ordre si spécial, si analogue à mon tour d'esprit habituel que, du coup, j'étais son ami. A l'âge que nous avions l'un et l'autre, certaines ressemblances dans la manière de sentir équivalent à des années d'intimité :

– « Mon père et ma mère, » disait-il, « désiraient qu'après mon volontariat je fisse mon droit. Mon père a été, trente ans de sa vie, huissier au ministère de l'Intérieur. Il s'est retiré depuis l'année dernière. Il a le culte de l'administration. Il me voyait d'avance sous-préfet. Je serais rentré dans son type social. Heureusement il est si bon pour moi. Ma mère aussi. Pourvu que je ne les quitte point, ils sont contents. Quand je leur ai déclaré que je voulais faire ma médecine, ils ont bien été un peu étonnés, mais ils ont consenti. Je leur ai donné comme prétexte qu'avec l'instabilité politique actuelle, les fonctions d'État n'offraient plus les mêmes garanties que sous l'Empire. Je ne leur ai pas dit ma vraie raison. Les braves gens n'ont pas d'autre philosophie que celle du cœur, ils n'auraient pas compris mon point de vue. Toi, tu le comprendras… Ce qui m'a décidé à prendre cette voie, cela peut te sembler singulier, c'est le besoin de certitude. Mon goût personnel m'eût entraîné vers des études plus abstraites. Je serais entré à l'École normale, pour m'occuper de métaphysique, si je n'avais pas lu Kant et aussi l'Intelligence de Taine. Il m'a paru que l'objet dans les sciences philosophiques est par trop douteux. Mon esprit à moi a comme faim et soif de quelque chose de positif, d'indiscutable. Les sciences naturelles donnent cela. Je me suis donc tourné de leur côté. Puis j'ai réfléchi. Je ne sais pas où tu en es de tes convictions morales ? Moi, je m'en tiens à l'agnosticisme absolu. Je considère que nous ne pouvons pas connaître d'une connaissance certaine s'il y a un Dieu, pour prendre la formule la plus simple, ou s'il n'y en a pas, – s'il y a un Bien ou un Mal, ou s'il n'y en a pas, – un mérite ou un démérite, ou non, – une autre vie, ou non… Il faut agir cependant. Moi, du moins, je sens une nécessité d'agir, surtout depuis que j'ai vu la guerre… J'ai l'impression que j'aurais, dans une tempête, sur un bateau en danger. C'est une honte de ne pas prendre part à la manœuvre, le pouvant. Je me suis rappelé le raisonnement de Pascal, tu te souviens, celui du pari ? Je me suis dit : quelle est, parmi les sciences naturelles, la branche qui se prête à une application pratique telle que cette application soit acceptable dans toutes les hypothèses ? Il m'a semblé que la médecine, comprise d'une façon un peu haute, répondait à ce programme. Examine, en effet, l'une et l'autre solution. Suppose démontrées toutes les théories spiritualistes, va plus loin, toutes les théories chrétiennes. Quel est le devoir ? Soulager l'être qui souffre. Le médecin le fait. Suppose démontrées toutes les théories contraires. A quoi se réduit la morale ? A un instinct d'altruisme qu'il faut constater et satisfaire comme tous les instincts, et qui consiste dans un besoin de nous associer à nos semblables, de les aider et d'en être aidé, en face de la nature hostile. Qui accomplit cette tâche mieux que le médecin ? Il est l'altruiste par excellence. Il est dans le vrai, quel que soit le postulat métaphysique auquel nous, nous rangions. Et la preuve, c'est que depuis le jour où j'ai pris ma première inscription et passé le seuil de l'hôpital, j'ai goûté une espèce de calme que je ne connaissais pas. J'ai eu l'évidence qu'intellectuellement et moralement j'avais les pieds par terre, que je marchais sur du solide… Enfin, je n'ai plus douté… »

Que Corbières était frappant à contempler tandis qu'il me parlait ainsi ! La flamme de la pensée transfigurait son visage irrégulier et plutôt laid. Ce fils d'un petit employé de ministère trahissait, par la construction de tout son corps, cette hérédité mi-paysanne, mi-citadine, qui n'a ni l'intégrité de la force rustique ni l'affinement de la vraie bourgeoisie. Il avait de gros os et peu de muscles, des traits épais et le sang pauvre. La beauté des yeux et de la bouche corrigeait cet air de chétiveté. C'était une bouche d'une bonté charmante, qui souriait avec une libre ingénuité, et c'étaient des yeux bleus d'une loyauté telle qu'il semblait impossible que l'homme qui regardait de ce regard pût jamais mentir. Avec cela, une voix prenante, dans laquelle frémissait l'ardeur de la conviction intime. En faut-il davantage pour expliquer l'impression profonde que me produisit ce discours, du texte duquel je suis bien sûr ? Je le transcrivis, le soir même, sur mon journal de cette époque, avec beaucoup d'autres détails inutiles à rapporter, où je retrouve les indices du coup de foudre d'enthousiasme que je reçus là, sous les arbres verdissants du vieux jardin. J'imagine, j'espère, qu'aujourd'hui comme alors, ces paisibles allées, au bord desquelles se dressent les statues des reines et les bustes des poètes, servent de théâtre à des conversations entre jeunes gens, du ton exalté de celle dont j'évoque le souvenir lointain. Des heures pareilles sont tout ce que je regrette d'une jeunesse mal gouvernée, et aussi la naïve plasticité d'âme, qui permet les nobles engouements comme celui qui me fit, cet après-midi même, abandonner mes projets, pour accompagner Eugène jusque chez lui. Nous n'y fûmes pas plutôt arrivés qu'il me proposa de me reconduire à son tour. Il était nuit close quand nous nous quittâmes, après avoir touché, durant cette interminable causerie, à tous les objets de la pensée humaine, et pris rendez-vous pour le lendemain matin. Je devais accompagner mon camarade à la Pitié, dont il suivait la clinique :

– « Je crois, » lui dis-je, en lui serrant la main, « que je vais faire comme toi et me mettre à la médecine… » Je ne me suis pas mis à la médecine, et cette soudaine résolution d'imiter Corbières se réduisit à quelques séances d'hôpital qui eurent du moins ce bon effet de me placer en présence d'un peu de réalité. C'était le contact dont j'avais le plus besoin. Mon erreur, qui fut celle de tant d'autres jeunes gens égarés par une précoce ambition d'écrire, consistait à faire de la littérature un but, au lieu qu'elle n'est qu'un résultat. Je voulais composer des romans, et je n'avais rien observé ; des vers, et je n'avais rien senti. Le grand service à me rendre était de me tirer du milieu tout artificiel, tout livresque, où je m'étiolais, pour me montrer de l'humanité simple et besogneuse, de la vie, humble et terre à terre, mais vraie. Ce service, Eugène me le rendit deux fois, et sans s'en douter : par ces salutaires visites à la Pitié, d'abord ; et puis, en me faisant pénétrer dans l'intérieur de sa famille, cet original et mystérieux intérieur dont je ne perçus longtemps que le pittoresque. Le mystère ne m'est apparu qu'après. Les vieux Corbières habitaient avec leur fils, au second étage d'une très vieille maison d'une très vieille rue du quartier du Panthéon. Cette rue, qui s'appelait jadis rue du Puits-qui-parle, n'a de moderne, – et quelle modernité ! – que son nom plus récent de rue Amyot. Rien ne semble y avoir bougé depuis l'époque reculée où florissaient le collège des Ecossais et celui des Irlandais, tout voisins, et dont l'inscription frontale existe encore. Quand j'y vais parfois en pèlerinage, je retrouve l'endroit tel qu'il était voici vingt-cinq ans. Le pavé inégal où les fiacres se hasardent rarement, s'encadre toujours d'une verdure provinciale. Des branches d'arbres y dépassent toujours des murs de jardins, et les concierges y tiennent toujours sur le trottoir, avec les locataires des rez-de-chaussée, leurs longues séances de travail et de bavardage en plein air, tandis que les enfants y jouent aux billes et au diable, sans avoir à trop redouter les brusques passages de voitures. Les maisons irrégulières, de dates et de styles différents, rappellent que le quartier a poussé comme une création naturelle, lentement, bonnement, au gré des besoins, et non par un de ces à-coups de l'édilité, qui impriment sur le Paris nouveau un sceau d'universelle monotonie. Aucun cadre ne convenait mieux à la physionomie immobile, et comme figée, des parents de mon camarade. L'huissier retraité qui venait lui-même ouvrir la porte au coup de sonnette du visiteur, était un homme de cinquante-huit ans, très droit et très maigre, avec un visage indéchiffrable qui n'avait d'expressif que les yeux, – bleus comme les yeux de son fils, mais d'un éclat singulier où je discerne à distance la fièvre secrète d'un constant remords. A cette époque, j'y voulais voir seulement l'ardeur d'une idolâtrie paternelle dont je n'ai pas rencontré de second exemple. Ce bonhomme, dont la vie s'était consumée au coin d'une cheminée chauffée aux frais des contribuables, dans une antichambre de la place Beauvau, à faire patienter des solliciteurs, semblait avoir concentré dans son garçon toute la revanche de sa misérable existence. A en juger par la modestie de l'appartement, par la simplicité des meubles, par la tenue du père et de la mère, les ressources du ménage devaient être bien exiguës. Pourtant jamais aucun livre n'avait été refusé à Eugène pour ses études, et jamais l'exhuissier n'admit que l'étudiant en médecine divertît de ses travaux une seule heure pour donner une leçon, collaborer à un petit journal, enfin gagner de l'argent. L'intensité de son affection lui faisait deviner que, pour un futur savant, les années de jeunesse comptent triple, et que l'entier loisir durant cette période est le plus précieux des biens.

– « J'ai dit à Eugène, » répétait-il souvent, « ne pense pas à nous. Notre bonheur, c'est d'être avec toi... Je ne serais pas Picard si je n'affendais pas avec mon fieu... » Il avait gardé de son origine, – il était de Péronne – de ces mots patois qu'il aimait à prononcer en jouant au rustaud. « Il faut qu'il soit un homme célèbre, » concluait-il, « et il le sera... Je l'ai toujours pensé depuis le collège, monsieur… Voyez ses prix. Il y a quatre-vingt-sept volumes !… » Et de sa main, toute calleuse à force d'humbles services, le père me montrait les dos d'une suite de livres rangés sur les rayons d'une bibliothèque d'acajou vitrée et fermée à clef. L'histoire entière de sa passion pour son fils tenait dans ces pauvres bouquins de collège qu'il appelait quelquefois, – ô naïveté ! – « ses titres de noblesse. » Vous devinez les étapes d'ici : l'enfant va à l'école chez les Frères du quartier. Il est intelligent. Il apprend vite, « C'est dommage de ne pas le pousser plus loin, » dit le Supérieur. Le père et la mère se consultent : « Bah ! on rognera sur le tabac, sur le sucre. On se passera de femme de ménage. » L'enfant est envoyé au lycée voisin. Il réussit. On voulait d'abord le retirer après la quatrième et l'examen de grammaire. Les succès au concours arrivent. On ira jusqu'au baccalauréat. Le reste suit. D'ailleurs les habitudes de la plus sévère économie se reconnaissaient à vingt signes dans la maison Corbières. Bien entendu c'était le vieil homme qui se chargeait du gros ouvrage : frotter le carreau, cirer les meubles, fendre le bois, vider les eaux, jusqu'à faire les lits. Il s'était évidemment retiré du ministère pour que son fils fût mieux servi. Son rouge visage, un peu congestionné, avait une peau comme gaufrée de larges rides, dont chacune disait l'endurance, l'entêtement d'une rude et solide race. Une méticuleuse propreté, – encore un trait de son pays, voisin des Flandres, – régnait dans les six pièces qui constituaient tout l'appartement. Comptez : une cuisine, une entrée, une chambre à coucher pour le père et la mère, une salle à manger, un salon devenu bien vite le cabinet de travail d'Eugène, la chambre à coucher de celui-ci. L'étudiant se trouvait de la sorte occuper plus d'un tiers du modeste local, et, bien entendu, la partie la plus vaste, la plus aérée, celle dont les fenêtres donnaient sur des jardins. C'était aussi la seule qui fût meublée presque luxueusement. Mon camarade acceptait cette gâterie un peu, il faut le dire, avec l'égoïsme trop naturel aux grands travailleurs, beaucoup avec l'idée que son avenir préparait aux sacrifices actuels de ses parents une ample compensation. Que de fois je l'ai entendu, quand je voulais l'entraîner à quelque partie de théâtre ou de promenade, qui me répondait :

– « Je ne peux pas. Il faut penser à mes vieux… »

Je savais bien que « ses vieux, » comme il les appelait avec une tendre familiarité, n'auraient jamais trouvé un mot de blâme à prononcer contre lui, de quelque façon qu'il eût employé son après-midi ou sa soirée. Non. Ce qu'il signifiait par là, c'était son passionné souci de mériter cet admirable dévouement. Il s'y appliquait d'autant plus qu'il croyait deviner en eux une étrange facilité à souffrir. Et c'était bien vrai que ce ménage de si braves gens ne respirait pas l'allégresse dont ce dévouement, prolongé tant d'années durant, les rendait dignes. Sur le front rouge du père, où les veines en saillie marquaient aux tempes la forte poussée du sang, il semblait qu'il pesât une préoccupation constante. Appréhendait-il de mourir avant d'avoir achevé son œuvre, sans avoir vu son fils agrégé, professeur à la Faculté, membre de l'Académie ? Toutes ses économies avaient-elles été dépensées à cette longue et coûteuse éducation, et sa maigre retraite d'ancien employé, toujours à la veille de disparaître avec lui, constituait-elle le plus clair de l'avoir actuel ? Etait-il simplement un homme d'humeur volontiers chagrine, qu'attristait la santé incertaine de sa femme ? Telles étaient les questions que le fils se posait sans doute, comme je me les posais moi-même chaque fois que j'avais constaté sur le visage de M. Corbières, au cours d'une de mes visites, quelque trace de cet obscur assombrissement. Pour Mme Corbières, la réponse était simple. Du moins, elle me paraissait simple. Eugène m'avait lui-même trop souvent parlé de ses craintes sur l'avenir pathologique de sa mère. Il croyait diagnostiquer en elle la menace d'une maladie du foie. C'était une femme courte et trapue, qui avait dû, à vingt ans, être belle de cette beauté du midi montagnard, à la fois leste et râblée, où il y a tant de vitalité comme ramassée, comme pressée sous une petite enveloppe. Elle était de La Roquebrussane, un village du Var, juché sur les contreforts des Maures, entre Brignoles et Toulon. Elle gardait, de sa Provence, de jolis pieds et de petites mains, – de vrais pieds de mule, fins et droit-posés, capables de gravir, à cinquante ans passés et très passés, sans un trébuchement, les escarpements des pentes natales, – des mains agiles et maigres de cueilleuse d'olives. Et quelle flamme noire dans ses prunelles ! Elles brûlaient littéralement dans un visage creusé et jauni, comme pétri de bile. Quoique cette femme m'accueillît toujours avec une extrême gracieuseté de manières, pourquoi ne me sentais-je jamais en sûreté vis-à-vis d'elle ? Il y avait, dans tout son être, un je ne sais quoi de farouche et comme de défiant que la présence même de son fils n'apaisait pas, n'adoucissait pas entièrement. – « C'est une âme inquiète, » me disait Eugène, quand je lui en demandais des nouvelles. « Si j'étais croyant, voilà qui me ferait douter de la justice de Dieu. Tu connais ma mère. Tu la vois vivre. Depuis ma plus lointaine enfance, je me souviens d'elle comme d'une personne qui n'a respiré que pour les autres, pour nous deux, mon père et moi. Entre le marché, sa cuisine, notre linge, des raccommodages d'habits, sa vie se sera dépensée aux plus humbles besognes de la plus humble servante, et elle était née une demoiselle, et elle avait reçu de l'éducation !... Si quelqu'un méritait d'avoir la paix du cœur, c'est bien elle, et elle ne l'a pas... Elle est pieuse, dévote même, et sa religion ne lui sert qu'à se ronger de scrupules... Faible comme elle est, j'ai peur de la voir tomber malade à chaque Carême, et il n'y a pas moyen d'empêcher son excès d'austérité. J'aurais voulu parler à son confesseur, mais je ne sais pas chez qui elle va. Elle est très secrète sur certains points, notamment sur celui-là, et quand on essaie de l'interroger, même moi, on sent qu'on lui fait mal... On nous parle de bonne conscience. C'est d'un bon estomac et d'un bon foie que l'on devrait parler. A chaque période digestive, le foie se remplit de sang. Que, par un accident quelconque, ce sang charrié par la veine-porte se charge de principes irritants pour les cellules hépatiques, et tout l'être moral est empoisonné physiquement... » – « Mais ne se rencontre-t-il pas aussi, » lui répondais-je, « des cas où le chagrin tue, et par conséquent où l'être physique est empoisonné moralement ?... »

– « C'est exact, » concluait-il, « et cela finit de prouver que nous ne comprenons rien à rien... Pourtant si. Je comprends que le jour où ma brave femme de mère me verra agrégé, ce succès lui fera plus de bien que toutes les eaux de Carlsbad ou de Marienbad... Aussi je te quitte pour aller travailler... »

II

Je me suis attardé à ces souvenirs, dont je pourrais multiplier les détails. Il s'y ramasse pour moi des impressions de plusieurs années, – années qui vont du printemps de 1873, où je renouvelai avec Eugène Corbières la camaraderie ébauchée au collège, jusqu'à l'hiver de 1882, où se déroulèrent les événements auxquels j'arrive et qui font la vraie matière de ce récit ; – incohérentes années pour moi, qui les employai, comme la plupart des apprentis-écrivains, à toutes sortes d'essais avortés, d'expériences déraisonnables et plus ou moins dangereuses pour l'avenir de ma pensée ; – fécondes et méthodiques années pour mon ami, qui avait, lui, trouvé son chemin aussitôt. Je le vis, successivement, externe, puis interne d'hôpital et remportant la médaille d'or, puis docteur, et il approchait d'un pas sûr vers cette place de médecin des hôpitaux et ce titre d'agrégation qu'il s'était fixés comme buts. La divergence de nos directions avait été trop forte pour nous faciliter, tout le long de cette période, les rapports quotidiens. Nous n'avions donc eu, pendant ces neuf ans, qu'une de ces intimités à intermittence qui ne permettent pas de remarquer certains imperceptibles changements dans la vie de famille de ceux que nous fréquentons ainsi, de distance en distance. A chacune de mes visites à la rue Amyot, j'avais toujours trouvé l'intérieur des Corbières pareil à lui-même : l'ex-huissier du ministère un peu plus rouge de teint, un peu moins alerte ; la mère un peu plus plombée de visage, et plus tassée. Mais rien n'avait changé dans leurs habitudes. Quand j'arrivais, c'était toujours le père Corbières qui venait à mon coup de sonnette, en bras de chemise le plus souvent, un bâton à frotter à la main, ou bien quelque brosse, ou bien un torchon de lampe, et, par la porte entr'ouverte de la cuisine, j'apercevais la mère Corbières devant son fourneau, mijotant quelque friandise méridionale, – un rizot ou une soupe de poissons, – pour le repas du soir du patient ouvrier de Science que je trouvais, lui, à sa table, au milieu de ses papiers et de ses livres, en train de rédiger les « observations » de la veille ou du matin. Quoiqu'il commençât d'être appelé par ses maîtres à de fructueuses consultations, et qu'il collaborât à quelques revues spéciales où il était convenablement payé, à peine si « les vieux » toléraient l'intrusion dans leur ménage d'une femme de charge, à cinq sous de l'heure, et qui venait seulement une partie de la matinée.

– « Je n'insiste pas davantage, » me disait Corbières, en m'expliquant cette situation : « A la première maladie de l'un ou de l'autre, je leur imposerai une vraie domestique. D'ici là, j'ai peur, en dérangeant leur train de vie, même un peu, de déranger leur santé. Ma mère surtout ne supporterait pas d'être contrariée. Tu sais mes anciennes craintes sur elle. Je vois qu'elle se ronge toujours, et à propos de tout. Mon père en ressent le contre-coup. Ils trouvent le moyen de n'être pas heureux, de si braves cœurs ! Décidément, non, il n'y a pas de Providence… »

Au commencement de cette année 1882, la situation s'était pourtant modifiée. Eugène avait manifesté le désir de quitter la rue Amyot, en prétextant la nécessité de s'établir. Ce fut le premier heurt sérieux entre le fils et ses parents. Après avoir approuvé sa résolution, l'avoir aidé dans sa recherche d'un nouveau gîte, avoir présidé à son emménagement, le père et la mère déclarèrent tout d'un coup qu'il leur était trop pénible de renoncer au logis qu'ils occupaient depuis trente ans déjà, et leur résolution fut invincible. A la clarté des faits que j'ai connus plus tard, je comprends que cette volonté des vieux Corbières enfermait une idée d'expiation suggérée par la femme. Dans l'ignorance de la faute dont la secrète honte dévorait ce ménage, en apparence irréprochable, comment expliquer cet entêtement, sinon par la manie ? Le médecin n'y manquait pas. Mais déjà le soupçon que l'état moral de ses parents cachait un mystère se levait en lui, vaguement. Il sentait chez eux un parti pris de ne point s'associer au bien-être qu'allait comporter sa situation. Sans presque d'efforts et sans qu'il interrompît les travaux préparatoires à ses examens, l'année précédente s'était chiffrée pour lui par un revenu de plus de dix mille francs, somme énorme pour des habitudes comme celles de cette famille. Il vint me voir, je m'en souviens, au sortir de la scène dernière où il avait vainement essayé de les fléchir. Après m'avoir raconté son entretien avec eux, sa pressante insistance et leur refus de plus en plus affirmé, il conclut : – « Il y a de la phobie dans leur cas, c'est indiscutable. Mais j'y vois aussi, de la part de ma mère, une idée religieuse. C'est sa façon de porter le cilice que de vivre dans cette humilité. Elle me donne l'impression qu'elle veut se punir. Se punir ? Pauvre sainte femme ! Sans doute de trop m'aimer, d'être trop fière de moi... Ce qui m'étonne, c'est qu'elle fasse partager sa façon de voir à mon père... Lui n'est pas dévot. C'est tout juste s'il va à la messe maintenant, et quand j'étais petit garçon, il n'y allait jamais. Quels arguments lui donne-t-elle bien pour le convaincre ? Et il prend de l'âge, et il aurait besoin de se reposer, d'être mieux nourri, mieux logé, d'être servi... Et pas moyen d'avoir raison de ces vieilles têtes. C'est incompréhensible ! »

C'était incompréhensible en effet. Mais pourquoi cette excentricité de l'huissier retraité et de sa femme ne m'étonna-t-elle pas outre mesure ? Y-a-t-il, dans cet ensemble d'impressions mal définies que nous donne la personnalité d'autrui, une logique cachée et dont l'intuition non formulée dépasse notre propre conscience ? J'aurais été incapable de dire pourquoi cette attitude des parents d'Eugène se raccordait à l'image que je me faisais d'eux tout au fond de moi-même. Quel paradoxe invraisemblable pourtant que cet effacement subit d'un père et d'une mère qui n'ont vécu que pour leur fils, devant le succès de ce fils ! Quelle anomalie, que ce renoncement à la joie quotidienne de partager son triomphe, – leur œuvre ! Je les avais vus, dix années durant, ne respirer, ne vivre que pour assurer à leur enfant le loisir de suivre sa carrière, de préparer ses examens, de devenir le médecin considérable qu'il allait être, qu'il était, et ils refusaient de se mêler à cette réalisation du passionné désir de toute leur existence ! S'étaient-ils jugés trop humbles d'extraction, trop frustes de manières ? Prévoyaient-ils que leur fils se marierait dans un monde supérieur à eux, et s'écartaient-ils déjà, par un suprême sacrifice ? Quelques-unes de ces hypothèses étaient acceptables. D'autres non. La seule à laquelle je n'eusse pas pensé était que ces gens eussent commis une action qu'ils ne pouvaient pas se pardonner. Comment imaginer que le regret de cette action pesât sur leur fin de vieillesse, d'une pesée d'autant plus lourde, (et sur ce point Eugène ne se trompait pas,) que Mme Corbières, avec sa dévotion à demi italienne, s'épouvantait et épouvantait son mari, à l'idée de la mort prochaine et de l'enfer certain ? Et vraiment, lorsque je songe à la suite d'accidents si simples qui dévoilèrent au fils cet abîme de misère, je le répète, je ne peux m'empêcher d'y retrouver, moi aussi, ce châtiment que la croyante redoutait, et je pense à l'étrange dicton où les Italiens justement, ces cousins germains des Provençaux, ont résumé, avec leur vive imagination, ce retour de la faute sur celui qui l'a commise : « la saetta gira, gira, » – disent-ils, « la flèche tourne, – torna adosso a chi la tira, et elle retombe sur qui la tire. » Il y avait un mois peut-être qu'Eugène avait déploré, dans les termes que j'ai rapportés, l'obstination de ses parents à ne pas vivre avec lui. Je ne l'avais plus revu depuis lors, et je ne m'en étais pas trop étonné, connaissant les exigences de son travail. Je ne me doutais pas que, pendant ces quatre semaines, sa pensée était occupée de tout autre chose que des maladies de la dénutrition, – l'objet favori de ses études ; – et qu'il inaugurait, presque malgré lui, une enquête dont la poursuite l'eût fait reculer peut-être, s'il en eût deviné l'aboutissement. Mais non. C'était une de ces intelligences viriles, – on les compte, même dans sa profession, – pour lesquelles aucun sentiment ne prévaut contre le courageux désir de vivre dans la vérité, si dure soit-elle. Je le revois encore, au terme de ces quatre semaines, entrant chez moi, un peu avant onze heures. C'était un moment incommode pour lui à cause de ses travaux, et qui seul indiquait une circonstance exceptionnelle. L'expression de son visage l'indiquait davantage encore. Une évidente contrainte crispait ses traits, et dans ses yeux, si transparents d'habitude, si pleins de la belle ardeur claire de l'étude, je lisais comme une angoisse implorante, celle d'un homme sur le point de hasarder auprès d'un autre une démarche qu'il voudrait ne pas même voir discutée. Il n'y mit d'ailleurs aucune diplomatie, et ce fut avec une décision toute chirurgicale qu'il m'aborda :

– « J'ai un service très délicat à te demander. Je commence par te déclarer que, si tu ne juges pas à propos de me le rendre, je n'en serai pas offensé. Je te prie seulement de réfléchir avant de me répondre non… »

– « Je te promets de faire tout ce que je pourrai pour te répondre oui, » dis-je, sur le même ton sérieux qu'il venait de prendre pour me parler. Sachant son aversion pour tout étalage, une telle entrée en matière annonçait chez lui une décision raisonnée, et je l'estimais trop pour ne pas me placer aussitôt au diapason de gravité qui était le sien.

– « Merci, » reprit-il, en me serrant la main. Puis, sans autre préambule : « Je t'ai raconté avec quelle étrange obstination mes parents ont définitivement refusé d'habiter avec moi. Je t'ai dit aussi que ce refus n'était qu'une conséquence d'un parti pris général, celui de ne rien changer à leur train de vie, alors qu'ils le peuvent et qu'ils le doivent. C'est comme s'ils craignaient, en participant à ma vie, de participer à une fortune mal gagnée, et cependant tout ce que j'ai, tout ce que j'aurai au monde, c'est le résultat de mon travail et du leur. C'est eux qui m'ont fait ce que je suis, par leurs Sacrifices. Tu en es témoin. Si j'ai eu mon temps à moi, tout mon temps, si je n'ai subi aucun esclavage de métier, eux seuls l'ont permis, en se dévouant à moi, d'un dévouement qui est allé du petit au grand, toutes les heures, pendant des années. Et je ne l'acceptais, moi, ce dévouement, qu'avec l'espoir, avec la certitude de dorloter leur vieillesse. Et ils me la dénient, cette pauvre joie, dont l'attente me justifiait, vis-à-vis de moi-même, de tant recevoir d'eux… »

– « Ne te laisse pas aller à ce sentiment, » interrompis-je, « il n'est digne ni de toi ni d'eux. Il y a des cœurs envers qui c'est être ingrat que de vouloir être reconnaissant. On doit prendre ce qu'ils vous donnent comme ils vous le donnent, sans compter… On les paie en les aimant… »

– « C'est parce que je les aime, » reprit-il, « et parce que je sais combien ils m'aiment, que leur attitude vis-à-vis de moi me tourmente. Tu te souviens que j'ai cru à quelque phobie. Le mot t'avait même amusé. J'ai pensé que ma mère surtout, dont je sais le catholicisme tout méridional, pouvait être dominée par quelque hantise de scrupule... Bref, depuis que je ne t'ai vu, il y a un mois, j'ai renoncé à discuter avec eux cette question qui devrait être si simple, n'est-ce pas ? Je me suis installé rue Bonaparte, dans mon nouvel appartement, en leur gardant la chambre que je leur avais préparée... Et, malgré moi, je me suis mis à les regarder. Le mot peut te paraître étonnant, puisque je ne les ai jamais quittés. C'est ainsi pourtant. Sauf à l'époque où j'avais craint, pour ma mère, un commencement d'hépatite, je ne leur avais jamais appliqué cette acuité d'observation qui se développe en nous par notre métier. Ce fut comme si le fils s'abolissait en moi tout d'un coup pour céder la place au clinicien... Il m'est très difficile de t'expliquer un état qui n'a sans doute pas d'analogue. Je vais te le faire comprendre pourtant : si la faculté professionnelle n'était pas à de certains moments comme endormie chez nous, aucun médecin ne serait jamais amoureux, et si, d'autre part, cette faculté une fois éveillée ne dominait pas tout l'homme, aucune jolie cliente ne serait en sûreté auprès d'un médecin. Je ne connais pas d'exemple qui montre mieux de quel dédoublement notre éducation technique nous rend capables... Je constatai donc, au cours de cette crise d'analyse, que mon père et ma mère étaient plus touchés que je ne l'avais remarqué jusqu'ici, et chacun dans la donnée de son tempérament. Lui est en train de faire du mal de Bright, elle de faire de la maladie de foie. Mais passons. Je t'épargne le détail d'une enquête dont le seul intérêt pour ce que j'ai à te demander est dans le résultat : j'en arrivai à la conclusion qu'il y avait dans leur existence un principe de souci caché, et que je n'avais jamais soupçonné... »

– « Un souci dont tu ne sois pas l'objet ? » interrompis-je ; « moi aussi je les ai regardés, tes pauvres parents. Ce n'est pas possible... »

– « Mais écoute donc, » reprit-il avec impatience. « Il y a huit jours, au sortir de l'hôpital, – je fais un intérim à l'Hôtel-Dieu, – ces idées m'obsédaient plus encore que d'habitude. Il faut te dire que j'avais laissé maman la veille avec une mine inquiétante. La visite des malades avait été plus courte que je ne pensais. Je calcule que j'ai le temps, avant l'école pratique où j'avais rendez-vous, de passer rue Amyot prendre des nouvelles. J'arrive. Je monte les trois étages, et, sur le palier, comme j'allais sonner deux coups, – c'est depuis vingt ans ma manière d'annoncer ma rentrée, – j'entends des éclats de voix qui viennent de l'intérieur. On eut dit que l'on se disputait derrière la porte. Impossible de distinguer les mots, mais je reconnais une des voix, celle de mon père. L'autre, non. Une minute je tendis l'oreille, sans rien saisir que des bribes de phrases, entre autres cette exclamation poussée par mon père, à deux reprises : « Mais c'est une honte, c'est une honte !... » Tout d'un coup, la pensée que, si la porte s'ouvrait, je serais surpris par lui ou par ma mère à jouer le rôle d'espion, me fît prendre la poignée de la sonnette. Au double tintement qui révélait ma présence, les voix se turent. Le pas de mon père s'approcha. J'étais dans un de ces moments où la machine nerveuse est si tendue qu'elle enregistre les plus petits signes. Rien qu'au craquement du parquet sous son pied, j'aurais deviné que mon père tremblait. Je l'aurais deviné aussi, à la manière dont il fit jouer la serrure, en s'y reprenant à trois fois. Il était si déconcerté qu'à peine trouva-t-il les mots pour répondre à ma question : « Tu étais avec quelqu'un ? Je te dérange ? » – « Pas du tout, » fit-il. et il continua « La maman n'est pas là. Mais si tu veux attendre une minute, je finis et je suis à toi. » Il ne voulait pas que je visse la personne avec laquelle il venait d'avoir cet entretien violent. Cette personne, au contraire, désirait sans doute me voir, car, à l'instant où mon père m'introduisait dans la salle à manger, la porte de la cuisine où il avait poussé son visiteur s'ouvrit toute grande. La même voix que j'avais entendue quereller mon père dit : « Monsieur Corbières, je ne veux pas vous importuner. Je reviendrai pour la petite chose ; » et en même temps je vis apparaître un homme, de notre âge peut-être avec des traits assez fins dans un masque horriblement dégradé, des épaules pointues, un corps décharné qu'habillaient des vêtements ignobles. Tu les connais, ces haillons du tapeur professionnel, sur qui finissent nos vieilles redingotes, nos vieux pantalons et nos vieux chapeaux devenus d'innommables loques. Celui-là puait l'alcool et la pipe, et il avait, dans ses yeux aux paupières rougies, ce regard d'hébétude et d'insolence que j'ai si souvent vu aux gens de son espèce. Cela fait un mélange d'orgueil et d'abrutissement qui annonce la paralysie générale toute prochaine. Il me dévisagea, en répétant : « Je reviendrai, » et sortit en traînant sur le parquet, avec une démarche arrogante, ses pieds chaussés de bottines crevées. »

– « C'est un malheureux à qui ton excellent père fait la charité, voilà tout, » lui répondis-je. « Il serait plus prudent de ne pas recevoir seul de pareils personnages, c'est vrai. Mais ces mendiants parisiens sont organisés en camorra, comme ceux de Naples. Ils se renseignent les uns les autres, et celui-là sait que M. Corbières n'est pas très riche, sois-en sûr… »

– « Oui, » reprit Eugène. « C'est un mendiant, cela ne fait pas de doute. Mais ce n'est pas seulement un mendiant… »

– « Que veux-tu dire ?… »

– « Je veux dire que, dans le timbre de sa voix, tandis que j'écoutais derrière la porte, dans sa façon de s'en aller, dans l'accent de son : « je reviendrai », il y avait comme une menace, presque une autorité… Et si c'était un mendiant ordinaire, mon père aurait-il été troublé de mon arrivée, à ce degré ? aurait-il éludé mes questions, une fois seuls ? m'aurait-il demandé de ne pas parler de cette rencontre à ma mère ?… »

– « Mais oui, mais oui, » répliquai-je. « Tout s'explique si tu supposes précisément que c'est quelque mauvais pauvre à qui ta mère, plus sage, refuse l'aumône et qui essaie de se faufiler chez vous à son insu, pour arracher une poignée de sous à la pitié de M. Corbières… »

– « Tu n'as pas vu cet homme et mon père l'un en face de l'autre, » répondit Eugène. « Moi qui les ai vus, j'ai senti le mystère, aussi nettement que je sens ce feu… » Et il étendit sa main vers la flamme qui brillait dans le foyer, souple et dorée. « Je l'ai tellement senti, » continua-t-il, « que je me suis laissé entraîner, sous l'influence de cette impression, à un acte incroyable. En arrivant chez mon père, j'avais renvoyé ma voiture, pour faire un peu d'exercice, et marcher jusqu'à l'école. Quand je quittai la rue Amyot, le hasard voulut que je prisse la rue de la Vieille-Estrapade, pour obliquer ensuite par la rue Saint-Jacques. Je ne sais si tu te rappelles qu'avant d'arriver à la rue Soufflot, il y a là, sur la main gauche, une espèce de taverne, un débit de liqueurs plutôt, d'un caractère assez étrange, avec tout un décor de tonneaux et de tables en bois brut ?... Ce n'est pas le marchand de vins et ce n'est pas le café. Le public qui fréquente là n'est pas non plus celui des cafés ni des marchands de vins. Quelques ouvriers y vont, très peu, mais surtout des bourgeois en train de se déclasser : des pions sans collège, des peintres sans atelier, des publicistes sans journal, des poètes sans éditeur, de futurs avocats sans causes, des carabins sans inscriptions. La boisson favorite du lieu est l'absinthe. Je ne passe jamais devant cet endroit sans y jeter un coup d'œil, presque malgré moi. J'y ai quelquefois repêché de vieux camarades d'hôpital... J'y regardai, ce matin-là encore, et je reconnus, accoudé sur une des tables du fond, avec un verre auprès de lui, rempli de l'affreuse drogue verdâtre et laiteuse, l'énigmatique réfractaire que je venais de rencontrer chez mon père. Comme je restais là, immobilisé par la curiosité, il releva la tête et regarda de mon côté. Je reculai, comme un coupable pris en flagrant délit, et je me cachai derrière l'auvent d'une boutique voisine. Peine perdue ! Il était déjà complètement ivre et incapable de se remettre mon visage. Le sien me frappa, cette fois, plus sinistrement que tout à l'heure, à cause du contraste entre la stupeur hagarde de l'intoxication et cette finesse de traits dont je t'ai parlé. Il y a deux types très nets d'alcooliques : le brutal, et, – si l'on peut employer un pareil mot pour une pareille abjection, – le délicat. Il y a l'ivrogne qui s'est mis à boire par grossièreté et celui qui se grise cérébralement, par nervosisme dépravé, pour oublier, le plus souvent pour s'oublier. C'est l'ivresse plus particulièrement propre au buveur d'absinthe, celle d'un Musset, d'un Verlaine. C'était celle de mon inconnu. C'est la plus triste. Je renonce à t'exprimer en effet la mélancolie singulière dont cette tête était empreinte. J'y lisais maintenant, non plus l'insolence, ni l'orgueil, mais une détresse infinie et irrémédiable, celle d'une destinée à jamais manquée. A un moment, il leva son verre et il rit convulsivement à sa pensée, d'une bouche où manquaient les dents de devant. Ce trou noir dans cette face livide et déjetée, devant ce poison de couleur trouble comme du lait d'euphorbe, dans cet antre dont l'âcre relent, – un écœurant arôme d'eau-de-vie au rabais – arrivait jusqu'à moi, c'était un spectacle presque terrible, je te jure. L'ivrogne vida ce verre d'un trait. Ce devait être le quatrième ou le cinquième, car il posa sur la table, pour payer, une pièce blanche dont on ne lui rendit pas la monnaie. Or les consommations, dans ce bouge, coûtent trois ou quatre sous. Puis, tout raide et automatique, avec cette allure de somnambule flageolant où se devine la décoordination de la moelle, la fixité du but dans la vacillation du mouvement, il se lève, sort de la boutique, prend le trottoir. Je prends le trottoir derrière lui. Il va. Je vais. Nous dépassons la rue des Feuillantines, le Val-de-Grâce, le boulevard de Port-Royal. Il s'arrête enfin, rue du Faubourg-Saint-Jacques, devant la porte d'une de ces maisons à cour intérieure, qui sont de véritables cités de miséreux... Je l'attends... Il ne reparaît pas... »

– « Et alors ? » fis-je, comme il hésitait.

– « Alors, » reprit-il avec le visible embarras d'un homme très scrupuleux, à qui des procédés d'inquisition louche répugnent dans toutes les circonstances, « je suis entré, j'ai avisé le concierge, je l'ai interrogé, et je sais le nom de l'individu. Il loge bien là, et il s'appelle ou se fait appeler Pierre Robert. »

– « Hé bien ! Il faut aller tout de suite à la Préfecture de police, » repris-je, « tu seras renseigné, avec ce nom et cette adresse. »

– « J'y ai pensé, » répondit Eugène, « et puis j'y ai renoncé, en me tenant un raisonnement très simple : mon père a été au ministère de l'Intérieur. Il sait mieux que personne les procédés à prendre pour se défendre contre un maître-chanteur. S'il ne les a pas pris, c'est qu'il a une raison... »

– « Mais quelle raison ? » insistai-je.

– « Ah ! » fit-il avec une émotion grandissante, « est-ce que je sais ?... A force de tourner et de retourner toutes les possibilités dans mon esprit, j'en suis arrivé à m'imaginer que ce garçon était un enfant naturel de ce pauvre père, qu'il l'avait eu avant son mariage, et qu'il le cachait à ma mère... Que celle-ci, sensible comme elle est, soupçonne la vérité, sans la savoir au juste, et cela explique tant de choses !... Cette hypothèse n'eut pas plutôt pointé dans ma pensée qu'elle y fit certitude. Je te dis cela, pour te prouver que j'en suis, vis-à-vis du trouble où je vois mes parents, à l'état morbide... Je ne distingue plus bien le possible du réel. A partir de ce moment, je commençai de passer et de repasser sans cesse par cette rue du Faubourg-Saint-Jacques, devant cette maison. Elle m'attirait et me faisait peur à la fois. L'idée que cet abominable dégénéré, dont j'avais suivi le pas incertain le long du trottoir de ce populeux quartier, pouvait être mon frère, me donnait un de ces inexprimables frissons qui nous secouent jusqu'à la racine de notre être... Je te passe mes folies, – car c'étaient des folies, j'en conviens, – mais l'attitude de mon père à mon égard augmentait ce désarroi mental. Nous ne nous sommes pas vus une fois en tête à tête, depuis la scène que je t'ai racontée. Il avait éludé mes questions, je te l'ai dit aussi, pour que je n'en parlasse pas à ma mère. Cette supplication du silence, je la retrouvais dans ses yeux à chaque nouvelle visite. C'était de quoi m'enfoncer encore dans mes imaginations, jusqu'à ce qu'en passant de nouveau rue du Faubourg-Saint-Jacques, devant la maison que je t'ai décrite, hier, dans l'après-midi, j'y ai vu entrer ma mère... »

– « Et tu en conclus ? » l'interrogeai-je, subissant malgré moi la suggestion de l'enquête passionnée à laquelle il se livrait devant moi.

– « Rien, » répondit-il, « sinon que mon hypothèse est fausse. Du moment que ma mère connaît, elle aussi, ce personnage, il n'est pas ce que j'avais supposé... C'est un raisonnement qui peut sembler spécieux. Pour moi il est évident : en me suppliant, comme il a fait, de ne pas parler de cette rencontre chez lui avec ce Robert, mon père n'a rien voulu cacher à ma mère concernant cet homme, il a voulu lui cacher quelque chose me concernant. Pourquoi ?... Oui, pourquoi ?... »

Il se taisait, sans que je trouvasse même une parole pour compatir à l'étrange anxiété dont je le voyais saisi. Qu'il y eût quelque chose d'anormal jusqu'au mystère dans l'ensemble des faits auxquels il venait de m'initier, j'étais bien obligé de le reconnaître. Mais la suite du discours que m'avait tenu Eugène supposait un rapport, entre ces faits d'une part, et, de l'autre, le refus que ses parents avaient opposé à sa demande d'habiter avec lui. Or, comment admettre ce rapport ? Comment admettre davantage que les troubles de santé, dont il prétendait son père et sa mère atteints, eussent une relation quelconque avec l'existence de ce Pierre Robert, à moins que ce maître-chanteur probable, ce mendiant et cet ivrogne certain ne fût l'enfant naturel, non pas du père, mais de la mère ? Ce fut l'hypothèse qui pointa soudain, pour prendre le mot du médecin, dans mon esprit à moi, et j'entrevis cette horrible complication : une jeune fille se laisse séduire. Elle a un enfant. Elle se marie sans dire sa faute. L'enfant grandit loin d'elle qui refait sa vie. Elle a un autre enfant, légitime, celui-là. Un jour, le premier enfant reparaît. Il a retrouvé les traces de sa mère. Il menace. La malheureuse femme avoue tout à son mari qui lui pardonne. Mais le fils légitime pardonnerait-il ? La mère agonise de terreur à l'idée de perdre cette chère estime, et le mari pousse la grandeur d'âme jusqu'à comprendre cette terreur et jusqu'à la partager... Telles étaient les pensées qui m'envahissaient, tandis que mon ami, toujours silencieux, marchait dans la chambre, de long en large. N'étaient-ce pas les siennes aussi, à cette seconde ? Je n'osais ni lui parler, ni presque le regarder, de peur que cette identité de conclusions ne se révélât à nous subitement. Cette vérité-là lui eût été très douloureuse. Pouvais-je prévoir que la vérité vraie serait plus douloureuse encore ?

III

C'est pour cela, – pour ne pas dénoncer la gravité de mon soupçon à ce fils tourmenté, – que j'acceptai la proposition, cependant très singulière, par laquelle se termina cette confidence. Il me sembla que le plus sûr moyen de le calmer était d'entrer dans ses idées, même en les jugeant, à part moi, peu raisonnables.

– « Maintenant arrivons au but de ma visite, » reprit-il donc ; « je ne t'ai rien caché de ce qui me préoccupe, d'abord parce que je te sais mon ami, et puis pour avoir le droit de te demander un service, vraiment en dehors, je m'en rends compte, de nos habitudes. Je te répète ce que je te disais en commençant : tu répondras non, si tu veux répondre non… Voici… Je veux savoir à quoi m'en tenir sur ce Robert. Je le veux… » – et il mit dans ce mot l'indomptable énergie de sa nature si concentrée. – « J'ai pensé à me rendre moi-même chez lui, pour le faire parler. Puis, j'ai raisonné. Il m'a vu chez mon père. Très probablement, il a deviné que j'étais l'enfant de la maison. Il se défiera… Hé bien ! Toi qu'il ne connaît pas et dont il ne peut pas se défier, veux-tu te charger de cette démarche ?… Cet homme est un indigent. Il mendie chez mon père, ailleurs encore. Je l'ai compris aux renseignements de la concierge. Tu viens chez lui, par charité. Tu lui laisseras une aumône. Comme cela ta conscience sera tranquille. Et tu le feras causer. Tu sauras sa vie, qui il est, d'où il vient, enfin quelque chose… »

– « Je saurai ce qu'il voudra bien me dire, » répliquai-je, « mais, pour toi, j'essaierai de le faire parler… Ne me remercie pas, » continuai-je, comme il me prenait la main à nouveau, et me la serrait d'une de ces étreintes viriles, plus éloquentes que toutes les protestations, « c'est trop simple… Et quand veux-tu que j'aille voir cet homme ? »

– « Tout de suite, » fit-il vivement, « si c'était possible. Je viens du faubourg Saint-Jacques. Il est chez lui… »

Cette preuve que Corbières avait compté sur moi d'une façon absolue aurait vaincu mes dernières hésitations, si j'en avais gardé. Je lui répondis un : « Hé bien ! allons ! » qui mit un sourire de gratitude sur son visage soucieux, et nous descendîmes. Dans sa certitude de mon acceptation, il n'avait pas renvoyé son fiacre. Du quartier des Invalides, où je vivais alors, à cette rue du Faubourg-Saint-Jacques, où habitait le personnage inconnu que j'allais tenter de confesser, nous mîmes un quart d'heure à peine. Le trajet me parut pourtant bien long. Si cette démarche était extraordinaire, son insuccès était aussi sans conséquence. Cela n'empêchait pas que je n'eusse le cœur serré, comme à l'approche de quelque redoutable épreuve, tant est puissante la contagion de certaines anxiétés. C'est un phénomène tout physique dont j'ai eu plusieurs exemples, – jamais comme dans cette voiture qui nous emportait, Eugène et moi, vers une scène que je ne pouvais pourtant pas prévoir si cruellement irréparable. Mon compagnon, lui, ne prononça pas un mot, sinon pour arrêter le cocher un peu avant que nous ne fussions arrivés à la maison de Pierre Robert. Il me la désigna et m'en dit le numéro, en ajoutant :

– « Je reste ici dans la voiture, à t'attendre… » Deux minutes plus tard, j'avais franchi le seuil de la grande bâtisse délabrée que Corbières m'avait si justement définie une cité de miséreux. J'avais demandé à la concierge la chambre de M. Robert. Je m'étais engagé, sur les indications de cette femme, dans une cour humide et puante, au-dessus de laquelle ouvraient six étages de croisées sans volets, et des cordes tendues de l'une à l'autre supportaient un linge abominable, des haillons élimés, des culottes rapetassées, des loques rapiécées, de quoi empoisonner de microbes plusieurs quartiers. J'avais commencé de gravir un escalier qui desservait quantité de petits logements numérotés, pour arriver, sous les combles, à une porte de galetas, numérotée 63. Là clef était sur la serrure. Je frappai. « Entrez ! » me cria une voix un peu sourde, mais qui n'était pas celle que j'attendais. Elle n'avait ni l'accent éraillé du faubourg, ni la rude brutalité du peuple, et le personnage qui m'apparut, une fois la porte ouverte, était vraiment l'homme de cette voix. Certes, l'usure et le délabrement des guenilles dont Pierre Robert était vêtu lui donnaient un aspect sordide, en accord avec l'ignominie de la chambre, presque sans meubles et répugnante de saleté. Mais cette infamie du costume et du décor faisait encore ressortir chez l'habitant de ce taudis la singulière délicatesse de traits qui avait tant frappé Corbières. L'extrême finesse des cheveux, demeurés très blonds, et la couleur des yeux d'un bleu très doux, sur un teint flétri, comme délavé par des remèdes secrets, accusaient encore la réelle élégance du dessin primitif dans cette tête aujourd'hui avilie. Les mains, ignoblement tenues, dont les ongles étaient rongés jusqu'au sang, n'étaient ni canailles ni communes. Les doigts en restaient minces et maigres. Et surtout l'expression attristée du visage racontait la déchéance sociale et personnelle plus sincèrement que tous les aveux. Le réfractaire avait à peine dressé la tête à mon entrée. Quoiqu'il fût tard dans la matinée, toutes choses, dans ce taudis, étaient demeurées telles quelles. Une couverture de laine déchirée traînait sur une paillasse tassée dans un coin, véritable chenil que le dormeur avait dû quitter pour faire un déjeuner dont je pouvais voir sur une table en bois jadis blanc les tristes débris : un chanteau de pain dont il avait arraché la mie en laissant la croûte, faute de dents pour la mâcher, et un reste de fromage d'Italie dans du papier graisseux. Cette charcuterie au rabais lui avait été ce que les poètes contemporains de Louis XIII appelaient un éperon à boire d'autant, car un litre vide était auprès, qui avait dû contenir du vin blanc, à en juger, non point par le verre, – il n'y en avait pas, – mais par la couleur des ronds qu'avait tracés sur la table le fond de cette bouteille, humée à même le goulot. Deux chaises, un seau de zinc bossué et privé de son anse, une cuvette et un pot à eau éguelés, un peigne édenté, un morceau de glace brisée sur le mur complétaient l'ameublement. J'oubliais une dizaine de volumes, rangés sur une planche, avec une apparence de soin. C'était le reliquat suprême d'une éducation que j'ai su depuis avoir été brillante, pour aboutir, à quoi ? à cet alcoolique déjà troublé par la boisson avant même d'avoir quitté sa chambre, et qui fumait une courte pipe de terre, insoucieusement. La provenance du tabac qui remplissait ce culot était révélée par la collection de bouts de cigares amoncelés sur un coin de la table. Le vagabond les avait ramassés le long des rues. Ce philosophe dépenaillé ne se dérangea pas pour me recevoir ; il ne se leva pas de sa chaise ; il ne perdit pas une bouffée de son brûle-gueule ; et ses yeux bleus ne laissèrent passer aucune curiosité, aucun étonnement dans leurs prunelles mornes, quand je lui demandai : – « M. Pierre Robert, s'il vous plaît ?... » – « C'est moi, monsieur, » répondit-il, « que me voulez-vous ?... » Je commençai de lui expliquer, comme il avait été convenu avec Corbières, que j'appartenais à une société de bienfaisance. Je l'avais, par un de ses voisins, su peu fortuné, et j'étais venu voir ce qui en était réellement. Je me sentais terriblement gauche dans ce rôle, très nouveau pour moi, de « Petit Manteau Bleu. » J'appréhendais cette orgueilleuse arrogance dont Eugène m'avait parlé. Ce sursaut d'amour-propre ne se produisit pas. Le gueux m'écoutait avec la même passivité qu'il avait eue pour me recevoir. Il ne s'inquiéta ni du nom de la société que j'étais censé représenter, ni du voisin qui était censé l'avoir désigné. Il dit seulement, en me montrant la desserte de son déjeuner sur la table et les bouts de cigares à côté : – « C'est bien vrai que je ne suis pas riche en ce moment. Voilà ce que je mange et voilà ce que je fume... Mais j'en ai vu bien d'autres en Afrique... » Puis, avec une reprise de politesse qui sentait un dernier reste d'habitudes bourgeoises, il me désigna la seconde des deux chaises : – « Faites-moi le plaisir de vous asseoir, monsieur... » – « En Afrique ? Vous avez donc servi ? » lui demandai-je, après m'être assis, et profitant du joint que sa phrase offrait à mon enquête. Ma question le fit partir aussitôt. Je ne la lui aurais pas posée qu'il m'aurait parlé de même, avec cette loquacité des alcooliques, si douloureuse à suivre, tant on la sent morbide, et qui, tour à tour, précipite ou cherche ses mots. C'est la première forme de ce qui sera, dans trois mois, dans huit jours, demain, le délire expansif avec le dérèglement de sa gloriole et de ses vantardises. Ces confidences du réfractaire ne s'adressaient pas à moi. C'était le monologue, à peine dirigé par mes interrogations, d'un demi-maniaque qui pensait tout haut, la tête troublée déjà par le poison. Il n'en avait pris ce matin-là qu'une dose bien faible ; mais dans son état d'effroyable saturation, cette dose, ce simple litre de vin blanc, suffisait pour qu'il ne pût contrôler ses mouvements qu'à peine, et plus du tout son langage. – « J'ai fait deux congés, » répondit-il, « je devrais être commandant aujourd'hui, et officier de la Légion d'honneur, si je n'avais pas eu ma déveine… Je suis bachelier ès lettres et bachelier ès sciences, monsieur, tel que vous me voyez. J'ai même eu un prix au Concours général… Je garde encore un des bouquins que j'ai reçus. Là, tenez… » – et il me montra, de sa pipe qu'il tira du coin de sa bouche, la rangée des livres, parmi lesquels je distinguai, placé en évidence sur le rayon, un volume relié en maroquin vert, aux armes de l'Empire, et sa tranche dorée. « C'est un Horace que je relis quelquefois : je n'ai pas oublié tout à fait mon latin. » « Qui fit Mœcenas, ut némo, quam sibi sortem, « Seu ratio dederit, seu fors objecerit, illâ « Contentus vivat… – « Content de son sort !… Je ne peux vraiment pas l'être du mien. Jugez-en, monsieur. J'entre dans l'armée à vingt et un ans. Je choisis l'artillerie. Je me dis : avec mes diplômes et ce que je sais de mathématiques, j'arriverai à l'École de Versailles. Dans trois ans, je serai officier… Je tombe sur un maréchal des logis à qui ma tête déplaît. Je mets deux ans à être brigadier, – deux ans, avec mon instruction, oui, monsieur ! – Ce n'est que la quatrième année que je peux me présenter à l'École. J'y suis reçu. Pendant mon temps de régiment, je n'étais pas heureux. Je buvais un peu. C'est bien naturel, voyons. Le colonel qui commandait l'École m'en voulait. Je ne sais pourquoi. Il me rencontre, un soir, comme je rentrais, passablement gai, mais rien que gai. S'il avait eu le moindre tact, il m'aurait laissé passer sans avoir l'air d'y prendre garde. Au lieu de cela, il me colle aux arrêts, et, deux jours après, j'étais renvoyé. Je rentre au régiment. Mes cinq ans finissaient. Je rengage dans l'artillerie de marine. Il ne fallait plus songer à Versailles. C'est dommage. J'aurais fait un bon officier. J'y vois de haut. Je me dis : j'irai aux colonies comme soldat et j'y resterai comme colon. J'ai fait deux ans d'Algérie et deux de Tonkin. Quand j'ai vu quelle blague c'était que cette vie de là-bas, le dégoût m'a pris. Et puis j'ai été malade. Est-ce la peine, je vous demande, de conquérir des pays où un honnête homme ne peut seulement pas boire son pousse-café sans que le foie s'en mêle ? Sitôt libre, je me suis juré que je ne quitterais plus Paris. M'y voici depuis trois ans. C'est dur d'y vivre quand on n'a pas de carrière, et à mon âge, on n'en commence pas… »

– « Comme ancien sous-officier, pourtant, vous avez droit à une pension ? » insinuai-je. – « Ils m'avaient remis simple soldat, quand je suis parti, » répondit-il. « Quand on a pas de protections, ils ne vous pardonnent rien… » Qui étaient ces Ils mystérieux, sinon les persécuteurs imaginaires que le détraquement de son vice faisait entrevoir au malheureux derrière ses insuccès, en attendant que les hallucinations du delirium tremens vinssent l'assiéger de leurs cauchemars. C'était jusqu'ici la confession lamentable du déclassé vulgaire qui s'est laissé glisser sur la pente plutôt qu'il ne l'a descendue, par manque de volonté, par manque de milieu où se retremper, par manque de fortune aussi. C'est la plus cruelle conséquence de la nécessaire inégalité sociale, que la marge des fautes irrémédiables soit si large pour le riche, si étroite pour le pauvre ! Quelques mots allaient suffire pour que cette physionomie banale d'une des innombrables victimes de l'éducation moderne s'éclairât pour moi d'une lueur qui m'effraie encore, quand je reviens en pensée à cette minute, pourtant si lointaine : – « Vous n'avez donc pas de famille ? » lui demandai-je. – « Je suis un enfant naturel, » répondit-il, « un bâtard, tout mon malheur vient de là… Ce n'est pas la faute de mon père pourtant. Il était marié. Il avait une place importante. Il a fait pour moi ce qu'il a pu. Il a donné de l'argent à ma mère pour m'élever tant qu'elle a vécu. Quand elle est morte, j'avais huit ans. Il m'a mis au collège, et il a payé pour moi. S'il n'était pas mort, lui aussi, au moment même où je sortais du lycée, ma vie aurait tourné autrement, – ou bien si l'on m'avait remis ce qu'il m'avait laissé… » – « Il n'avait donc pas fait un testament en règle ? » interrogeai-je, comme il se taisait. Je redoutais une de ces soudaines réticences, comme en ont ces étranges causeurs qui vous racontent les plus intimes particularités de leur vie, les plus honteuses quelquefois, puis ils s'arrêtent devant un détail, souvent insignifiant, et ils s'entêtent à un mutisme aussi complètement inexplicable, aussi involontaire et irréfléchi que leur confiance de tout à l'heure. Ce sont des impulsifs et des momentanés qui n'obéissent qu'à des impressions toutes subjectives. Celui-ci me regardait, comme je le questionnais, avec ces prunelles bleues dont j'avais remarqué d'abord la douceur, dont je remarquais à présent l'étrange inéga-

lité. Se trouvait-il fatigué des discours qu'il venait de me tenir, avec des hésitations dans l'attaque des mots qui révélaient l'aphasie latente ? Avais-je exprimé trop vivement une curiosité injustifiée et devant laquelle il s'arrêtait, étonné ? Toujours est-il qu'au lieu de me répondre, il reprit :
– « Vous voyez, monsieur, qu'on ne vous a pas trompé et que j'ai bien besoin des secours des personnes charitables… » – « Vous en connaissez déjà quelques-unes, » fis-je en tirant de ma poche la pièce d'or que j'y avais préparée, et je la posai sur la table, en prononçant le nom des parents d'Eugène. « Je sais que les Corbières sont très bons pour vous… » – « Vous connaissez les Corbières ? » dit-il en retirant sa pipe de sa bouche, et, penché en avant, il me regardait avec un regard qui, cette fois, s'allumait d'un étrange éclat. Puis, haussant les épaules, il recommença de fumer, en ajoutant : « Je comprends, ce sont eux qui vous ont envoyé ici. Je le sais, et je sais aussi pourquoi. Voulez-vous que je vous le dise ? Vous aller me conseiller de quitter Paris. Est-ce vrai, voyons ? Ils vous ont raconté que je m'assommais d'alcool, que je m'abrutissais, que je me tuais. C'est les discours qu'ils me tiennent chaque fois que j'y vais… Hé bien ! Non. Non. Non. Je ne m'en irai pas. Je ne quitterai pas Paris. Ces gens me verront, entendez-vous, ils me verront. C'est ma vengeance, et ils la subiront jusqu'au bout… » Pendant qu'il me parlait, prenant mon silence pour un acquiescement, sa physionomie s'animait. J'y reconnaissais cette expression d'arrogante autorité dont Eugène avait été frappé. Ce changement d'attitude était si singulier chez un mendiant tout à l'heure si humble ; il y avait une si énigmatique menace dans les mots dont il se servait, et en même temps une telle certitude d'un droit imperceptible, que je le laissai parler sans le contredire. J'eus une divination foudroyante de ce que j'allais entendre. La phrase qu'il avait prononcée cinq minutes auparavant : si on lui avait remis ce que son père lui avait laissé… s'illumina tout d'un coup pour moi d'une évidence affreuse. Ce ne fut qu'un éclair, et je lui disais : – « Vous n'êtes pas juste. Je ne viens pas de la part des Corbières, mais à supposer que je vinsse de leur part vous transmettre ce message, pourquoi non ? Si les Corbières veulent que vous quittiez Paris, c'est dans votre intérêt. S'ils vous reprochent de vous tuer d'alcool,

ils ont trop raison. Et, puisque vous m'avez avoué vous-même avoir reçu de l'éducation, vous savez que vous ne devez pas parler ainsi de vos bienfaiteurs… » – « Eux ? » s'écria-t-il, « mes bienfaiteurs ? Ils se sont donnés à vous pour mes bienfaiteurs ? » Il se mit à rire du rire qu'Eugène l'avait vu avoir chez le liquoriste de la rue Saint-Jacques devant son verre plein d'absinthe. Une saute subite de demi-ivresse le faisait passer de la torpeur à l'excitabilité. Cette irritation rendait sa parole plus embarrassée encore, et ses mots, énoncés avec cette gêne, avec ce bégaiement presque, prenaient une force de vérité plus poignante. C'était comme le symbole de l'étouffement où il s'était débattu durant toute sa jeunesse, à cause du crime dont il portait maintenant témoignage. « Non, monsieur, » répétait-il, « ce ne sont pas mes bienfaiteurs. Ce sont mes bourreaux. Si je suis devenu ce que je suis devenu : un fruit sec, un raté, un lamentable raté, si je bois, monsieur, c'est leur faute… Je n'ai pas la preuve, c'est vrai, je ne l'ai pas, celle que je pourrais produire en justice pour démontrer que ces soi-disant bienfaiteurs m'ont volé, oui, monsieur, qu'ils m'ont volé… Et puis, qu'est-ce que je ferais de cet argent maintenant ? Au lieu qu'à vingt ans !… A vingt ans, j'aurais payé pour mon volontariat, d'abord. Ensuite j'aurais fait mon droit ou ma médecine… Je serais un grand avocat ou un grand médecin. Il ne faut pas me juger sur ce que vous me voyez… a ruind piece of nature, comme disait l'autre. » Il prononça cette phrase anglaise avec un accent très incorrect, mais assez net pour que je reconnusse le cri célèbre du Roi Lear. Qu'il pût, dans cette dégradation, citer du Shakespeare, ne fût-ce qu'une réplique, après avoir cité de l'Horace, ne fût-ce que deux vers, quelle preuve plus navrante qu'il y avait eu, en effet, dans le Pierre Robert que j'écoutais, l'ébauche d'un autre homme ? Hélas ! Il n'en restait que les traits fins de ce masque consumé, ces tout petits débris de culture, et ces spasmes de rancune contre ceux qu'il accusait de l'avoir perdu. Il est bien probable qu'il se serait toujours perdu par son propre caractère. Sa nature se serait retrouvée la même dans d'autres circonstances. Pourtant il était en droit de formuler l'accusation qu'il formulait maintenant : – « C'est leur faute, monsieur, » disait-il, « c'est leur faute à eux, à eux seuls. Si ce n'est pas vrai, monsieur, qu'ils se justifient. Allez leur parler, vous qui êtes leur ami, allez-y, et répétez-leur ce que je vous raconte. Çà leur apprendra à m'envoyer des gens. Vous les verrez alors devant vous, comme je les ai vus devant moi, pâlir et trembler. Ils vous diront que je suis fou, comme ils me l'ont dit. Non pas eux. Lui. La vieille femme n'a jamais rien fait que pleurer quand elle a su que j'avais tout deviné… Mais mes idées vont, elles vont J'ai comme de la ouate dans la tête. Où en étais-je ?… Ah ! Au temps du lycée. J'étais élevé à Versailles. Je n'ai su que bien après qui était mon père. Je l'appelais M. Robert. C'était son prénom, il me l'a donné comme nom. Je le croyais mon parrain. Je le voyais les jours de sortie, chez des alliés de ma mère, à Paris, qui me servaient de correspondants. C'est par eux que j'ai appris bien des choses plus tard. Mon père était marié, je vous l'ai dit, et père de famille. Il avait une grosse place, il était chef de bureau au ministère de l'Intérieur, celui-là où M. Corbières était huissier. Vous commencez à comprendre ? Mon père n'a jamais voulu que ni sa femme, ni ses autres enfants, les légitimes, connussent mon existence. Il avait M. Corbières sous ses ordres depuis des années. Se sentant malade, il lui confia la somme qu'il avait pu distraire de sa fortune et qu'il estimait nécessaire à l'achèvement de mes études… Trente-cinq mille francs, si j'ai bien calculé… » – « Et M. Corbières se serait attribué cet argent ? » interrompis-je. « Mais c'est impossible… Pourquoi ? Je les ai vus vivre, lui et sa femme. Ce sont les gens les plus simples, les plus droits, les plus braves. » – « Ces braves gens m'ont tout de même dépouillé, » ricana Pierre Robert, en hochant la tête, et sa bouche exprimait le plus amer des dégoûts, celui du méprisé qui peut devenir à son tour méprisant. « Pourquoi ? Oui, pourquoi ? Mais leur fils, monsieur, comment l'ont-ils élevé ? Il a pu faire son volontariat d'un an, lui. Il a suivi ses cours de médecine, lui. Et avec quel argent ? Un homme qui est huissier dans un ministère, ça n'a pas de fortune pourtant. Et ce serait sur ses économies que celui-ci aurait mis de côté de quoi garder son fils étudiant jusqu'à trente ans ? Allons donc !… C'est mon argent, je vous le dis, qu'ils ont dépensé, vous entendez, mon argent… » – « Mais vous-même, vous avouez que vous n'avez pas une preuve de ce que vous dites là, » protestai-je, et, tout en protestant, j'étais accablé par l'évidence qu'il ne mentait pas. Ses paroles étaient comme la grille posée sur une page d'écriture chiffrée et qui permet d'en lire le sens tout d'un coup... Les impressions que j'avais eues si souvent d'un mystère épais autour des vieux Corbières, le fond de tristesse sur lequel ils vivaient, si peu en rapport avec leur dévotion à leur enfant, les confidences de celui-ci, ces derniers temps et ce matin encore, tout s'expliquait par cette révélation que l'ivrogne précisait maintenant : – « Une preuve à fournir en justice, voilà ce dont j'ai parlé... Mais des preuves pour moi, j'en ai trop... Voulez-vous les savoir ? Avant de mourir, mon père m'écrivit. J'ai sa lettre là. Il m'y disait qu'il était mon père et non mon parrain. Il me défendait de jamais chercher à voir sa veuve et ses autres enfants. Il poussait le scrupule jusqu'à ne pas m'apprendre son vrai nom. Monsieur, j'ai été bien malheureux, je vous le jure. J'ai toujours obéi à cet ordre d'un mort. Jamais je n'ai rien demandé ni à cette femme ni à mes frères. Ils sont deux, à leur aise, et qui m'aideraient. Je ne le veux pas. Mon père ajoutait qu'il avait assuré mon avenir et que je recevrais quinze cents francs par an jusqu'à mes trente ans et un petit capital alors. C'est ce chiffre de rente qui me faisait calculer que la somme a dû être de trente-cinq à quarante mille francs. Dans son parti pris d'absolue séparation entre la vie de son ménage régulier et ma vie, il ne me disait ni qui me remettrait cette rente et ce capital, ni comment il avait voulu que même ce moyen de remonter jusqu'à ses enfants me fût interdit. J'ai tout su pourtant depuis. J'ai su qu'il était mort d'une maladie qui avait éclaté comme un coup de foudre. Elle ne lui a pas permis évidemment de prendre des mesures qu'il avait différées peut-être parce qu'il comptait, à ma vingt et unième année, me dire la vérité et me remettre cette petite fortune lui-même. Alors il s'est servi de Corbières parce qu'il était sûr de lui. Et ce Corbières était un honnête homme alors... En voulez-vous un signe ? Ma première et ma seconde année de pension m'ont été payées. La troisième, non. C'a été l'année du volontariat du fils. L'argent de ces deux années m'est arrivé par semestre, en billets de banque dans des enveloppes recommandées, sans autre mention que ces mots : d'après la volonté de Monsieur Robert. Hé bien ! Monsieur, j'ai eu plus tard de l'écriture de M. Corbières, c'était celle de ces mots et des adresses !... Mais je reviens à cette année 73. L'argent n'était pas venu. Je devais faire mon service militaire. J'avais quelques dettes. Qui n'en a pas ? Je n'avais pas le moyen de chercher la raison pour laquelle ma rente ne m'était plus servie, ni de m'engager dans des procès. Et puis j'étais très jeune, et, à cet âge, on est insouciant. On compte sur sa chance... Bref, j'entrai dans l'armée et vous savez le reste... » – « Mais comment avez-vous retrouvé les Corbières ? » lui demandai-je. – « Vous voulez dire comment les Corbières m'ont-ils retrouvé ? Car c'est eux qui m'ont cherché. Ils ont eu des remords, voilà tout. Quand on approche de la fin, on a de ces peurs, paraît-il. On voudrait alors carotter le bon Dieu... » Il rit de nouveau, de ce rire silencieux qui découvrait le trou noir de sa bouche édentée. « Ils ont donc voulu savoir ce que j'étais devenu. Ils m'ont découvert. Comment, par exemple ? Je ne vous l'expliquerai pas. Me voyant pauvre, ils se sont mis à me donner la pièce de temps en temps pour endormir leur conscience, et aussi pour conjurer la mauvaise chance... Hé ! hé ! Ils n'y ont pas réussi. Quand j'ai vu le père Corbières pour la première fois, là où vous êtes, monsieur, je l'ai laissé causer, comme je vous ai laissé causer tout à l'heure. Il m'a dit qu'il me savait malheureux, qu'il venait me faire la charité... J'ai l'air de tout croire quand je veux, pas vrai ? Mais je raisonne, à part moi. Je me disais : toi, mon bonhomme, qu'est-ce que tu me veux ? Pourquoi es-tu ici ? Je n'ai pas compris. Et puis il est revenu, et sa femme, d'abord chaque mois, puis chaque semaine. Ils m'apportaient de quoi passer mes huit jours. C'était leur prétexte, mais en réalité, ils ne pouvaient pas ne pas venir. Je les attirais en les fascinant. Je les regardais là, dans les yeux, et toujours leur regard à eux s'en allait. Ils fouinaient devant moi, monsieur. Pourquoi ? Et puis une idée m'est venue, qu'ils étaient mêlés à mon histoire. Je leur ai parlé de l'argent que j'aurais dû avoir et de la lettre de mon père... Depuis ce jour-là, j'ai senti que je les tenais... Oh ! » conclut-il, « pour ce que je leur veux, ils ont bien tort d'avoir peur et de souhaiter que je m'en aille. Un écu de cent sous de temps à autre, de quoi boire à ma soif, et je les tiens quittes. Si je voulais, leur fils est riche. Il me rendrait tout. Mais quand j'aurais ce tout, maintenant, je vous le répète, qu'est-ce que j'en ferais ?

C'est bien vrai que je les terrorise un peu de temps à autre aussi... Il faut bien s'amuser. La vie n'est pas gaie. Heureusement, ça ne durera pas toujours, comme on écrivait sur les voitures des remplaçants, vous rappelez-vous ?... » Il eut encore un accès dans son sinistre rire. Puis, avisant le napoléon que j'avais placé sur la table, il le prit et le glissa dans la poche du tricot qui lui servait de gilet par-dessous sa redingote, et, se levant de sa chaise, il fit le geste de me reconduire vers la porte, en me disant : « Je vous remercie, monsieur. Mais, répétez-leur que ce n'est pas la peine de m'envoyer d'autres personnes charitables, pour m'engager à quitter Paris... Ce n'est pas la peine... A toutes celles qui viendront de leur part, à toutes, vous entendez, je raconterai leur histoire et je ne quitterai point Paris, je ne le quitterai point, et j'irai chez eux, et ils me recevront, répétez-le leur. Adieu, monsieur, adieu... » Ce fut seulement en me retrouvant hors de la chambre où j'avais reçu cette tragique confession, que j'en réalisai la conséquence immédiate, avec un tremblement d'épouvante que je ne me rappelle avoir éprouvé ni auparavant, ni depuis. Eugène Corbières m'attendait en bas. Qu'allais-je lui dire ? Mon appréhension d'affronter son regard inquisiteur était si forte que mes jambes flageolaient en descendant les marches de cet escalier au terme duquel il me faudrait pourtant arriver. Et alors ?... Je me souviens. Je m'arrêtai plusieurs minutes sur le palier du premier étage, pour essayer de me reprendre. Il me fallait à tout prix trouver en moi l'énergie d'opposer aux questions d'Eugène des réponses assez bien calculées pour le détourner de continuer cette terrible enquête. La première condition était que mon visage ne démentît pas mes paroles. Ma pitié pour cet ami, menacé de cette affreuse révélation, m'aurait-elle donné cette énergie ? Je n'eus pas l'occasion de mettre ma volonté à cette épreuve. J'avais compté sans la fièvre d'impatience dont Eugène était dévoré. Comme mon absence se prolongeait, il était venu lui-même à la porte de la maison, puis dans la cour, puis au bas de l'escalier, en sorte qu'au moment où je me tenais sur la dernière marche, tout hésitant, tout bouleversé, je le vis surgir devant moi, qui me demandait : – « Tu es resté bien longtemps. Que t'a-t-il dit ? » – « Rien d'intéressant, » répondis-je, « c'est ce que j'avais pensé. Un bohème à qui ton père fait la charité… » – « Pourquoi es-tu si troublé alors ? » continua-t-il. « Tu trembles ? Tu es pâle ?… » – « C'est l'impression de cette misère, » répliquai-je, et j'ajoutai en l'entraînant : « Allons, un peu d'air me remettra… » – « Allons, » fit-il, puis, m'arrêtant net, et fichant de nouveau ses yeux dans mes yeux : « Non, il y a quelque chose. Je le sens. Je le vois. Tu ne me dis pas la vérité. Tu ne me la diras pas… Tant pis ! J'y vais moi-même… » – « Tu n'iras pas ! » m'écriai-je, en me mettant en travers de l'escalier. Je n'eus pas plutôt poussé ce cri que j'en compris l'imprudence, et j'essayai de la réparer en ajoutant : « C'est inutile et c'est dangereux. Ce Robert n'exploite déjà que trop ton père… » – « Tu ne me dis pas la vérité… » répéta Eugène avec un accent plus âpre, et avant que j'eusse pu même prévoir son action, il m'avait écarté d'un mouvement brutal, et s'était élancé vers l'étage supérieur, en gravissant les marches quatre par quatre. Je demeurais là, paralysé d'émotion, et sans plus rien tenter. Sachant ce que je savais, il me semblait, dans cet escalier de maison borgne, sentir sur mon front un souffle de fatalité. La rencontre entre ces deux hommes m'apparut comme inévitable. Il valait mieux qu'elle eût lieu maintenant et que je fusse là, pour soutenir mon ami, à la minute même où il recevrait le coup terrible, – s'il devait le recevoir ? Je me forçai, dans la cage de cette funèbre caserne de pauvres, à espérer qu'un dernier reste d'humanité arrêterait le réfractaire. Le fait qu'il eût borné ses demandes d'argent aux parents Corbières, quand il lui était si aisé d'exercer un chantage sur Eugène, me frappa tout d'un coup comme très significatif. Il me l'avait dit lui-même, en y insistant presque. J'y voulus voir la preuve d'un scrupule devant une révélation si meurtrière, si injuste aussi. Le fils n'était pour rien dans la faute du père. S'il en avait profité, c'était à son insu, et la lui dénoncer était une férocité. Pierre Robert ne s'était montré, dans son entretien avec moi, ni injuste ni féroce… Je raisonnais de la sorte, et j'oubliais qu'un maniaque d'alcool, comme lui, est toujours près, sous l'excitation de la seconde, de commettre les actes les plus opposés à son propre caractère, à sa volonté la plus réfléchie. Celui-ci avait certainement pensé, dans ses mauvaises heures, à s'adresser au fils. Il avait toujours reculé devant cette infamie. J'allais constater que l'instinct de vengeance, éveillé à l'improviste, devait être le plus fort. Il était même étonnant qu'un scrupule, après tout bien magnanime, eût résisté si longtemps chez un être aussi dégradé. L'alcoolique n'avait pas été maître de sa parole avec moi. Pourquoi le serait-il redevenu, dans ce quart d'heure, et en présence de la personne qui remuait chez lui les souvenirs les plus amers ? Sans que j'en eusse une conscience très nette, toutes ces idées contradictoires s'agitaient, se battaient dans mon esprit, tandis que j'attendais mon ami. J'étais devant la porte de la maison, maintenant. Le besoin de tromper ma fièvre par du mouvement, m'avait fait quitter l'escalier et même la cour. Je me tenais sur le trottoir, à compter les minutes, et à me demander si je ne devrais pas remonter moi-même là-haut, en proie à une des plus mortelles angoisses qui m'aient jamais supplicié, quand Eugène Corbières apparut sur le seuil de cette porte de la maison de misère. Nous nous regardâmes. L'autre lui avait tout dit.

IV Il y a, dans tout grand médecin comme dans tout grand auteur dramatique, et probablement dans tout grand comédien, certaines facultés beaucoup plus voisines du type de l'homme d'action que du type de l'homme de pensée. Ces métiers complexes, et qui exigent tant d'animalisme, supposent aussi une exceptionnelle capacité d'affirmation personnelle, de décision immédiate, de parti pris effectif. Ils comportent, si l'on peut dire, un empoignement direct de la réalité. Il y faut donc cette vigueur physiologique qui permet de dompter les nerfs. J'ai souvent eu l'occasion de vérifier cette remarque dans mes rapports avec les exemplaires supérieurs de ces trois espèces intellectuelles. Jamais, mieux que dans les instants qui suivirent l'entretien d'Eugène Corbières avec l'homme que ses parents avaient dépouillé, je n'ai constaté cette vertu presque militaire de la discipline médicale. Eugène était certes écrasé de chagrin par la révélation qu'il venait de subir. Il ne doutait point de sa vérité ; je le reconnus aussitôt à ses yeux. Il n'eut pourtant pas un geste, pas un mot qui trahît, même vis-à-vis de moi, l'effroyable tempête intérieure. Il me dit simplement : « Cela ne te fait rien de me laisser rue Amyot ? La voiture te ramènera ensuite chez toi... » Et, sur ma réponse affirmative, il donna au coch er l'adresse de ses parents d'une voix qui ne tremblait pas. Tandis que le fiacre nous emportait à travers ce vieux quartier du Val-de-Grâce, il pouvait voir, par la vitre de la portière, défiler des coins de rues de nous si connus, des faces de boutiques, des angles de murs, cent aspects familiers qui faisaient se lever devant lui, comme devant moi, les fantômes de tant d'heures de sa studieuse jeunesse. Avions-nous assez souvent erré ensemble sur ces trottoirs, lui se rendant à un cours, moi l'accompagnant, ou bien moi l'entraînant vers le Luxembourg et lui me suivant, pour prolonger une de nos innombrables causeries d'idées ? Toutes ces heures, oui, toutes, celles des ardents travaux, celles aussi des nobles plaisirs, était-il possible qu'elles fussent dues à un abominable crime, que son père et sa mère en eussent volé pour lui le loisir au malheureux que nous quittions ? Si cette évidence m'accablait de mélancolie, moi, un simple témoin, de quel désespoir devait-il être possédé, lui, l'acteur vivant de cet affreux drame, – un drame dont il était le héros et qu'il avait ignoré ? Il gardait pourtant cette absolue maîtrise de soi que je lui avais vue devant des lits d'hôpital. Il semblait assister à sa propre agonie mentale avec la même fermeté d'esprit qu'il avait eue pour soigner tant d'autres agonies, moins douloureuses que la sienne. Son visage était comme serré de volonté, ses yeux secs, sa bouche fermée. Nous n'échangeâmes pas plus de paroles durant ce trajet que nous n'en avions échangé durant le précédent. A quoi bon ? Ce fut moi, l'étranger, chez qui l'émotion triompha d'abord de cette virile réserve. Lorsqu'il fut descendu devant la porte de ses parents, je ne pus me retenir, en lui prenant la main, de lui dire d'un accent que l'angoisse étouffait : – « Rappelle-toi comme ils t'ont aimé ?... » – « Ils eussent mieux fait de me haïr, » répondit-il, « je leur en voudrais moins. » Ces sacrilèges paroles furent prononcées avec un ton où frémissait un tel sursaut d'indignation, à la fois implacable et froide, le regard d'Eugène était chargé d'une telle intensité de mépris, je le sentais arrivé à un tel état de frénésie intérieure, sous ses apparences calmes, que je le laissai entrer dans la maison et disparaître, sans lui avoir répondu. A quoi bon encore ? Je me rejetai dans la voiture, en m'abandonnant enfin à la pitié dont je débordais, et je ne pouvais que répéter ces mots, toujours les mêmes : –

« Dieu ! les pauvres gens ! les pauvres gens !... » L'image qui m'arrachait ce cri de terreur, c'était celle de mon ami apparaissant comme un justicier devant ce vieil homme et cette vieille femme et les reniant, les outrageant pour avoir fait de lui le complice d'une infamie, de cet abus de confiance envers un mort. Je voyais le fils arrivant dans cet appartement que je connaissais si bien, je les voyais, eux, j'entendais leurs voix : « Tu veux donc, ô mon enfant, égorger ta mère ? – Ce n'est pas moi qui t'arrache la vie, c'est toi-même... » Ce dialogue de l'éternelle Clytemnestre et de l'éternel Oreste me revenait à la mémoire, et j'avais peur. Quand, plus tard, Eugène me raconta par quelles sensations il avait passé durant cette heure qui fut vraiment l'heure de sa vie, celle où toute sa destinée d'homme s'est résolue, j'ai compris combien j'avais eu raison d'appréhender une scène tragique, et un dénouement terrible à cette terrible aventure : – « Ma résolution était prise, » me dit-il, « je voulais les interroger, savoir la vérité d'eux aussi, la leur faire avouer, les maudire et me tuer ensuite... » C'est le cœur remué par des sentiments de cette violence que le malheureux garçon arriva devant la porte de ses coupables parents. Dans cette crise aiguë de révolte intime, son existence passée lui causait une telle répulsion que cela lui fit mal de sonner les deux coups habituels. Ce signal convenu, auquel il était sûr qu'on répondrait, lui représenta pour un instant les longues années qu'ils avaient vécues ici, eux et lui, – eux les voleurs, lui leur complice. Nul doute que, si le pas de son père s'était approché en ce moment, et si, la porte une fois ouverte, il avait eu en face de lui un visage d'homme, sa colère ne se fût soulagée en un éclat irréparable. Par bonheur le vieux Corbières n'était pas au logis. Eugène reconnut par delà cette mince cloison la démarche légère de sa mère, et quand le pêne eut glissé dans la serrure, il trouva pour l'accueillir les yeux et le sourire de la vieille femme, – ces yeux dont il comprenait maintenant pour la première fois la douloureuse fièvre, ce sourire qui jouait sur des traits dont il suivait l'altération depuis des jours ; il en savait aujourd'hui la cause. Et voici que tout d'un coup, devant cette malade qui l'avait porté dans son sein, nourri de son lait, – malade du remords d'un crime qu'elle avait commis pour lui, – le fils sentit sa révolte indignée s'arrêter, s'abattre, se fondre en un poignant attendrissement qui le fit trembler tout entier. Cependant la vieille femme, dont les yeux âgés, dans l'ombre de la petite antichambre n'avaient pas vu aussitôt le bouleversement de sa physionomie, refermait la porte avec les précautions accoutumées, et elle commençait, lui racontant comme toujours l'humble chronique familiale de son intérieur : – « Mon Dieu ! Si j'avais su que tu venais ce matin, » disait-elle, « je t'aurais fait un vrai déjeuner, des œufs aux tomates comme tu les aimais. Il y en avait de fraîches au marché de la rue Monge, où je suis allée. Et le père est sorti, justement. Il ne se sentait pas très bien ce matin. Il souffre toujours de ses étouffements. Il faudra que tu l'auscultes encore… Mais qu'as-tu toi-même, mon enfant ?… » Elle venait en effet, tout en lui parlant, d'entrer à sa suite dans la salle à manger. Elle l'avait regardé à la pleine lumière, et ce regard lui avait suffi pour deviner que son fils était sous le coup d'une émotion extraordinaire : – « Mon enfant ! » répéta-t-elle. « Mon enfant ! Mon Eugène !… Ah !… » Elle n'acheva pas. Ce cri que poussait son cœur de mère, éclairé par la plus foudroyante des intuitions, s'arrêta tout d'un coup devant l'explosion de désespoir de celui à qui elle l'adressait. Corbières s'était laissé tomber sur une chaise, et là, il avait éclaté en sanglots convulsifs. De se retrouver ainsi au milieu de ces objets parmi lesquels il avait vécu, dans cette atmosphère qui avait été celle de toute sa jeunesse, après qu'il savait ce qu'il savait, lui était trop dur, et il roulait sous la vague de sensibilité violente qui montait en lui. Peut-être cet accès de larmes le sauva-t-il du suicide et de la folie, en brisant l'effroyable tension où j'avais vu se crisper son être, et la mère écoutait avec épouvante gronder dans cette petite chambre de famille, où tous les succès du lycéen et de l'étudiant avaient été fêtés, cette rumeur, cet ouragan de soupirs déchirants, de cris étouffés que jette une grande douleur d'homme. Celui-ci était secoué, et comme tordu par cet accès sur la cause duquel la malheureuse femme ne pouvait guère se tromper. Depuis tant de jours, elle avait trop redouté la découverte par son fils du crime qu'ils avaient commis, elle et son mari, commis pour lui, mais un crime tout de même ! Et elle disait, penchée sur l'infortuné, le serrant dans ses bras, affolée elle-même : – « Mon Eugène, c'est moi, c'est ta mère. Regarde-moi. Tu souffres ? Qu'as-tu ? Pourquoi pleures-tu ?... Ah ! parle-moi... » Puis sauvagement : – « Mais parle donc. Quoi que tu aies à me dire, dis-le moi. Tu me fais trop de mal... » Elle avait mis dans ce dernier appel une si farouche énergie d'amour maternel, qu'il en émana cette irrésistible suggestion qui nous descend jusqu'au fond de l'âme pour y arracher l'aveu. L'homme qui pleurait releva la tête, et il dit, mettant dans cette phrase toute sa douleur, mais aussi toute la tendresse dont elle était mélangée maintenant : – « Ma pauvre mère, je viens de la rue du Faubourg-Saint-Jacques... » Elle ne lui répondit rien. Malgré lui, après avoir parlé, il l'avait regardée. Il la vit se reculer, ses vieilles mains se tendre en avant, comme pour écarter quelque chose, et une pâleur envahir son visage, si effrayante qu'il crut qu'elle allait mourir. Le médecin se réveilla dans le fils, et, à son tour, il s'élança vers elle en lui donnant le même nom qu'il lui eût donné vingt ans auparavant, s'il l'eût vue pâlir ainsi : – « Maman !... » – « Laisse-moi, » lui dit-elle, en reculant toujours jusqu'à ce qu'elle fût contre le mur de la chambre. Là, elle se retourna, prit sa tête dans ses mains et s'agenouilla pour prier, longuement. Lorsqu'elle se releva de cette prière, elle avait dans ses yeux, sur son front, autour de sa bouche, une espèce de sérénité dans le désespoir qui contrastait, d'une manière saisissante, avec l'expression de rongement intérieur qui avait tant inquiété son fils depuis des années. – « C'est mieux ainsi ! » gémit-elle avec une étrange exaltation. « Cela m'étouffait depuis trop longtemps. Dieu a eu pitié de moi... Oui, » continua-t-elle, plus exaltée encore, « je savais que ce serait la délivrance, si tu connaissais tout, si je pouvais te parler, t'expliquer, si j'avais cette douleur dans cette vie. Tu aurais toujours tout su, au jour du jugement dernier, quand on verra le fond des cœurs, et alors c'eût été trop horrible... » Puis, fermant les yeux, et avec un frémissement : « Je suis prête à boire le calice. Le bon Dieu m'en donne la force... Eugène, dis-moi tout ce que tu sais, tout, et je te dirai ce qui est vrai, ce qui ne l'est pas... Tu dois m'obéir, mon enfant, puisque je suis ta mère, qui ne t'a que trop aimé... Interroge-moi, je te l'ordonne, pour qu'il n'y ait plus rien entre nous que la vérité... » – « J'essaierai, » dit Eugène après un silence. Il éprouvait, devant l'attitude soudain si ferme de cette femme qu'il connaissait si troublée, si hésitante, un sentiment de respect d'autant plus étrange qu'il était venu pour avoir une explication qui, par elle-même, était un outrage. Mais il y a, dans l'acceptation héroïque de certaines épreuves, une secrète grandeur devant laquelle doit s'incliner même le juge qui condamne ; et c'est avec cette émotion – la plus noble qu'il pût avoir à cette seconde, la seule qui le sauvât du parricide moral, dans cet interrogatoire – qu'il continuait : « Est-ce vrai que ce malheureux qui habite là-bas, rue du Faubourg-Saint-Jacques, ce Pierre Robert, est l'enfant adultérin d'un protecteur de mon père ? » – « C'est vrai, » répondit-elle, « de M. PierreRobert Haudric. C'est pour ce motif qu'il a été inscrit sous ces deux prénoms. Ce monsieur Haudric était le frère de lait de Corbières. Ta grand'mère avait été sa nourrice à Péronne. C'est lui qui nous avait placés au ministère. » – « Alors, » reprit le fils, à qui les mots manquaient pour formuler la hideuse chose, « le reste est vrai aussi ? » – « Que M. Haudric nous avait confié une somme d'argent en dépôt pour cet enfant ? C'est vrai encore… » – « Et que vous l'avez employée pour moi ? » demanda-t-il d'une voix éteinte, presque basse, comme s'il eût eu peur, en entendant ses propres paroles, d'être repris de sa frénésie de révolte contre cette honte dont il se sentait couvert. Et ce fut d'une voix tout éteinte aussi, toute basse, qu'elle lui répondit : – « C'est vrai. » Puis, serrant ses mains l'une contre l'autre, et suppliante : « Ecoute-moi, Eugène. Ecoute… Nous avons été bien coupables, mais pour nous comprendre, il faudrait tout savoir, et d'abord que ce fils de M. Haudric lui avait déjà donné tant de soucis. Il était intelligent, mais si mauvais sujet, dès le collège. C'est pour cela que M. Haudric avait dit à Corbières : « Je ne veux pas qu'il ait rien avant trente ans, que juste la somme indispensable à ses études. » Cette somme, il l'avait fixée à douze cents francs par an. Le capital tout entier était de trente-six mille francs. Nous ne devions pas nous faire connaître, parce que M. Haudric était marié. La mère de Pierre Robert était une proche parente de sa femme, une cousine germaine. Comment M. Haudric s'était-il laissé aller à cette aventure de séduction, lui un si brave homme ? Je l'ai jugé sévèrement alors. Je sais maintenant que j'avais tort et qu'il ne faut condamner personne. Il avait d'autres enfants. Il voulait que ce secret mourût avec lui. Je t'explique ces choses pour que tu comprennes comment nous avons été tentés... Ton père devait surveiller de loin ce garçon. La première année, nous servîmes la pension, comme nous devions, et nous sûmes qu'il avait vécu au quartier Latin avec des filles, courant de café en café, sans suivre aucun cours ni travailler d'un travail quelconque. Il buvait déjà, à dix-neuf ans ! La seconde année, nous servîmes encore la pension, il fit de même, et pis encore : ton père prit des renseignements et nous sûmes qu'il avait contracté de grosses dettes. La troisième année... » Elle s'arrêta une seconde, et, avec la ferveur de quelqu'un qui consomme son sacrifice... « La troisième année, c'était celle où tu devais faire ton service militaire. Il fallait payer quinze cents francs, pour que tu n'eusses qu'un an à être soldat. Nous ne les avions pas. Nos pauvres petites économies, sept mille francs épargnés sou par sou, avaient été perdues dans un mauvais placement. Tu étais si travailleur. Tu avais eu tant de mérite à devenir ce que tu étais déjà devenu... Qu'est-ce que tu veux ? Nous n'avons pas pu supporter l'idée que tes études fussent interrompues, d'autant plus que ce n'était pas seulement la question du service militaire à faire ou à ne pas faire. C'était tout l'avenir ! Ah ! si l'autre avait été comme toi, si nous avions pu penser que cet argent ne serait pas perdu pour lui, qu'il l'emploierait à devenir quelqu'un, la tentation ne nous aurait pas saisis... Je sais, nous n'avions pas le droit. Cet argent était à lui, pas à nous... Mais tu en étais si digne, Eugène, et lui si peu ! Et nous avons succombé... » – « Et vous n'avez pas pensé, » reprit Eugène, « que précisément à cause de sa faiblesse de caractère, cet autre avait plus besoin que moi de cet argent ?... Vous ne vous êtes pas dit que, lui enlever cette petite fortune, c'était le laisser plus désarmé devant la vie, qu'avec son manque d'énergie, une fois sans ressources, il tomberait de plus en plus bas, et que c'est moi, votre fils, qui en serais responsable ?... » – « Toi ? » s'écria la mère : « Toi, toi, responsable ? Ne dis pas cela, mon enfant, ne le pense pas... Ni toi, ni ton père... C'est moi qui ai tout fait, » continua-t-elle en se frappant la poitrine, comme elle faisait à l'église, « C'est moi qui prends tout sur moi... C'est moi qui ai eu l'idée d'employer une partie de l'argent, d'abord à ton volontariat. C'est moi qui ai décidé Corbières. Il ne voulait pas. Je l'ai entraîné… Il voulait ensuite continuer tout de même la pension à l'autre, en prenant sur le capital. C'est moi qui l'ai empêché. J'ai eu peur que l'argent ne nous manquât pour la fin de tes études. Et puis, c'était fait… Je te dis que je t'aimais trop, plus que mon salut éternel, plus que Dieu. Voilà mon péché. Le reste en est sorti tout naturellement. Je savais bien que je me damnais, mais c'était pour toi… Voilà dix ans, Eugène, entends-tu, dix ans, que je ne me confesse pas, pour que le prêtre ne me dise pas qu'il faut rendre quelque chose du dépôt. Tu pouvais en avoir besoin… Va ! Je t'ai bien aimé, mon enfant, et c'est par toi que Dieu m'a punie, dès les premiers jours. Non que tu m'aies jamais fait souffrir, toi, la perfection sur la terre. Mais justement, quand je t'ai vu si parfait, j'ai commencé d'avoir une terreur, un pressentiment que cette vie ne durerait pas, que nous ne réussirions pas, que tu nous serais ôté, là, tout d'un coup, en pleine jeunesse, en pleine espérance. Je t'assure, s'il y avait eu des difficultés, si tu avais moins bien travaillé, je n'aurais pas eu cette impression d'une menace suspendue sur nous, à cause de ce que nous avions fait, toujours, toujours… J'ai voulu endormir cette terreur, en me punissant volontairement, ton père aussi. Depuis qu'il s'était laissé persuader par moi, je voyais qu'il se privait de tout. Il n'a plus fumé, plus bu de café, plus rien mangé que le strict nécessaire. Nous pouvons nous rendre cette justice que nous n'avons rien pris pour nous… Mais j'avais beau jeûner, me mortifier, m'atteindre dans ma chair, toujours cette idée me revenait que cela n'était rien, et qu'un jour viendrait où je serais frappée en toi… Les années ont passé, mon Eugène, sans rien m'apporter que des raisons d'être plus fière de toi, de t'aimer davantage… Et plus j'étais heureuse par toi, plus l'idée grandissait que nous n'avions pas droit à ce bonheur. Je ne trouve pas les mots pour m'exprimer… A chacun de tes succès, à chaque joie que tu nous donnais, c'était comme si la dette augmentait. Tu vois bien que j'avais raison de penser qu'il nous faudrait tout payer un jour, puisque j'en suis à te parler ainsi… Cette pensée était devenue si forte, si obsédante, qu'il y a deux ans, je voulus essayer de m'en délivrer un peu. Ton père et moi, nous savions que l'autre était entré au régiment, puis dans une école à Versailles, et qu'il en avait été chassé pour inconduite. Nous l'avions perdu de vue après. Je m'imaginai que, si nous pouvions le retrouver, lui rendre, non pas tout, mais quelque chose, lui faire du bien, je serais soulagée d'une partie de ce poids, que je n'aurais plus cette appréhension, ce battement de cœur... Et Corbières a cherché ce garçon. Il l'a retrouvé en effet. Pourquoi ai-je voulu le voir, moi aussi ? Je n'ai pas pu m'en empêcher. C'a été un besoin physique de l'avoir là, devant mes yeux... C'est alors que j'ai senti, que j'ai touché le châtiment. Quand j'ai constaté ce qu'il est devenu, le remords m'a prise, et j'ai eu peur, non plus pour nous, mais pour toi. Je me suis dit ce que tu me disais tout à l'heure, que peut-être, avec cet argent dont nous l'avions frustré, il ne serait pas tombé si bas. Je n'ai plus vu seulement dans cet abus du dépôt un emploi défendu. J'ai vu le crime... Tu comprends le reste... Mon trouble a été si grand, que cet homme n'a pas pu ne pas le remarquer... Avant de mourir, M. Haudric lui avait écrit ses intentions pour lui, sans se nommer et sans nous nommer. Il savait qu'une petite somme lui avait été léguée. Il avait touché les deux premières années. Puis rien... Il a tout deviné, et, depuis quatorze mois, nous vivons avec l'idée qu'il fera ce qu'il a fait ce matin, qu'il te parlera, et que tu nous jugeras, que tu nous condamneras, que tu nous mépriseras... Ah ! » conclut-elle avec une supplication passionnée, « juge-moi, condamne-moi, méprise-moi, Eugène, mais pas ton père. Epargne-le. Il n'est pas coupable, je te le jure. C'est moi qui ai tout médité, tout voulu. Je suis la seule coupable, la seule. Le bon Dieu le sait bien, et la preuve, c'est qu'il a permis que tu ne trouves que moi ici, maintenant... Je n'aurais pas osé lui demander cela. C'était plus que je ne méritais. Mais il m'a pardonné, je le sens. J'ai tant souffert... Moi, ce n'est rien, je vais pouvoir me confesser, communier !... Ah ! Eugène, aie pitié de ton père... » – « Je n'ai le droit de vous juger ni toi, ni lui, » répondit-il. Cet homme, habitué pourtant par métier au contact de la souffrance, demeurait anéanti devant l'abîme de misère qu'il avait côtoyé toute sa jeunesse, sans le voir, sans même le soupçonner. Il n'avait pas soupçonné, non plus, le délire d'amour de cette mère, qu'il était le seul à ne pouvoir condamner. Il avait devant lui une âme humaine, toute nue, toute saignante, et quelle âme, celle dont la sienne était issue ! Qu'elle avait souffert en effet, cette pauvre âme, et comme le repentir et la foi l'avaient marquée de leurs grandes touches ! Comme, à travers son supplice intime, elle s'était lavée de sa faute ! Elle en acceptait, elle en réclamait l'entier châtiment, prenant tout sur elle, avide seulement d'expier pour deux, anxieuse d'éviter à son complice, au vieux compagnon de toute sa vie, le coup suprême dont elle venait d'être frappée. Dans quel repli de son cœur le fils aurait-il trouvé la force de la juger et d'agir autrement qu'il n'agit ? Il vint à elle, et la serrant dans ses bras, il lui disait : – « Maman, ma chère maman, ne souffre plus, ne pleure plus. Tout peut s'effacer, se réparer. Je serai riche. Je rendrai cet argent. Je guérirai ce malheureux... Regarde-moi... Souris-moi. Tu sais que je suis un honnête homme. Je te jure que je n'ai pour toi en moi que de la tendresse, de la vénération. Tes larmes ont tout effacé, et moi je ferai le reste. Et nous serons tous heureux, je te le promets... » Elle avait posé son front sur l'épaule du jeune homme, et elle l'écoutait sans lui parler, en secouant seulement cette pauvre tête blanchie, d'un geste doux qui répondait : « Non » à ces promesses d'espérance, – le « non » résigné des mourants, à qui l'on décrit les promenades qu'ils savent bien ne jamais devoir faire, les plaisirs qu'ils ne goûteront plus. Et cette dénégation muette exprimait tellement la vérité d'une détresse sans remède qu'il finit par se taire, lui aussi, mais gardant toujours la vieille tête appuyée à son épaule, la berçant, la caressant, jusqu'à ce qu'un bruit trop connu les écarta brusquement l'un de l'autre. Une main introduisait une clef dans la serrure de la porte d'entrée. C'était le père qui revenait au logis. – « Du courage, maman, » dit Eugène. « Je te promets qu'il ne saura rien... » – « Et j'ai tenu ma parole, » me répétait-il à moi, quand nous nous revîmes et qu'il me raconta cette scène, « avec quel effort, tu le devines. J'ai passé dans l'autre chambre pour me donner le temps d'essuyer mes yeux, de composer mes traits. Et j'écoutais la voix de mon père demander : « Tiens, Eugène est venu, voici son chapeau ? » – « Oui, » répondait ma mère, « il cherche un livre dans la bibliothèque. C'est heureux qu'il soit monté ce matin. Je me suis sentie si mal quand tu as été parti. Il m'a examinée. Ce ne sera rien... » Elle venait de trouver un pieux mensonge qui me permît de paraître, sans que mon père s'étonnât de mes paupières rougies et de mon visage altéré. Malgré moi, sans ce prétexte, mon émotion m'eût trahi. Je les quittai aussitôt. Je n'en pouvais plus… Le croirais-tu ? C'est cette première heure, où je me suis retrouvé seul, qui a été la plus dure. J'ai marché devant moi, vite, indéfiniment. J'aurais voulu me fuir, m'en aller de moi, ne plus rencontrer ma pensée. Il me semblait que cette pensée même n'était plus à moi, que je l'avais volée, volé mon intelligence, mes idées, le meilleur de moi. Ces années de travail qui m'avaient fait ce que j'étais, cette Science que j'avais tant aimée, cette culture dont j'étais si fier, je me répétais que c'était du vol, du vol, du vol, que j'avais eu tout cela aux dépens d'un autre, avec l'argent d'un autre, et cet autre, je le revoyais dans cette ignoble chambre, avec son ignoble face, parlant cet ignoble langage, et toute son abjection retombait sur moi. J'avais beau me dire ce que ma mère m'avait dit, que je n'en étais pas responsable. Il y a des choses qui ne se discutent pas plus que la vie ou que la mort. Ça est ou ça n'est pas. Cette responsabilité était sur moi, en moi. Si tu te trouvais savoir qu'un bijou qui t'a été donné, une bague, provenait d'un assassinat, tu ne la porterais pas une seconde, tu l'arracherais, tu la jetterais, pour ne pas avoir de sang sur ta main. Moi, est-ce que je peux m'arracher mon cerveau, et, avec lui, tout ce qui me vient du meurtre de l'autre ? Car c'est un meurtre, ce qu'ils ont fait. On assassine autrement qu'avec des armes à feu et des poisons. On tue un être en lui enlevant ce qui l'aurait fait vivre. C'était là, au premier moment, ce qui me rendait fou de honte et de douleur : que cet argent volé ait passé dans mon esprit, que je ne puisse pas rendre ce dépôt, dont ces malheureux ont abusé à mon profit. Mais je le rendrai… Je le rendrai… » – « Te voilà dans le vrai, » lui répondis-je, « ta pauvre mère avait raison, quand elle te disait que tu n'es pas responsable de ce qu'ils ont fait pour toi, ton père et elle. Crois-moi, ton devoir est tout simple, et tu l'as trouvé du premier coup en écoutant ton cœur, qui t'a commandé de plaindre ta mère, d'épargner à la vieillesse de ton père une mortelle douleur, et de faire du bien au malheureux du faubourg Saint-Jacques. Tu lui dois de lui restituer l'argent qui est à lui, d'abord, puis de l'aider à s'affranchir du terrible esclavage, à se guérir de cet alcoolisme où il est en train de sombrer, où il aurait toujours sombré, sois-en sûr, aussi bien riche que pauvre. Et si tu l'en guéris, vous serez quittes, je m'en porte garant sur mon honneur… » – « Non, » répliqua-t-il, en regardant devant lui d'un regard où je retrouvai cette admirable ardeur de vie spirituelle, qui m'avait fait son ami du coup, dans notre rencontre au jardin du Luxembourg : « Non, » insista-t-il, « ce n'est pas assez… » Et comme si, par une mystérieuse communication intérieure, dans cette minute d'une confidence solennelle, le même souvenir nous était réapparu à tous deux : « Te rappelles-tu, » continua-t-il, « quand nous nous sommes revus après le collège, nos discussions d'idées, et les raisons qui m'ont fait commencer mes études de médecine ? Je te disais que j'avais soif et faim de certitude. J'avais cru la trouver, cette certitude, dans une espèce de pari à la Pascal. Tu te rappelles encore ? Je rêvais d'un emploi d'existence justifiable dans l'une et dans l'autre hypothèse, que Dieu existe ou n'existe pas, qu'il y ait une liberté ou qu'il n'y en ait pas, une autre vie ou le néant… Hé bien ! je suis arrivé à un moment où cette double hypothèse n'est plus possible. Je suis acculé à l'alternative. Tu me parles d'argent à restituer, de soins à donner ? Mais quand je paierais à ce Robert vingt fois, trente fois, cent fois la somme ; quand je l'arracherais à l'affreux vice, par quel moyen lui restituer sa jeunesse, toutes les possibilités perdues, comment réparer l'irréparable ? S'il n'y a pas de Dieu, j'en suis là… S'il y en avait un pourtant, si l'action humaine avait un autre horizon que celui-ci, je pourrais mériter pour ce malheureux… Ce n'est pas d'aujourd'hui que ces idées me hantent. Depuis que j'ai vu des sœurs dans les hôpitaux faire le service des malades, sans autre soutien que l'idée qu'elles méritaient pour d'autres, j'ai beaucoup pensé à ce que les chrétiens appellent la réversibilité. Toute la question est de savoir si l'expérience nous montre ou non ce phénomène dans la nature… Voici des années qu'il m'apparaissait comme la seule interprétation de tant de choses, et je te défie d'expliquer autrement la dure épreuve qui m'accable. Oui ou non ? Suis-je frappé pour la faute de mes parents ? Et ce Robert lui-même, de quoi est-il la victime, sinon de la faute de son père ? Que j'en ai vu de ces répartitions, et, derrière elles, il faut bien un pouvoir répartiteur. S'il y a une réversibilité du mal, il doit y avoir une réversibilité du bien... Ce ne sont pas des théories, cela, c'est de l'expérience. Et c'est de l'expérience aussi que cette justice inévitable, dont ma pauvre mère a eu l'épouvante dix ans durant, et qui l'a frappée, comme elle a dit, à travers moi. Derrière la justice, il faut bien un juge. Derrière l'échéance, il faut bien un créancier... » – « Et tu conclus ? » lui demandais-je, comme il se taisait. – « Je conclus que si Dieu n'existe pas, je ne peux pas rendre le dépôt. Je le peux s'il existe... Ah ! si je pouvais croire en lui ! » ajouta-t-il avec un soupir que j'entends encore après seize ans. Oui. Il y a seize ans déjà qu'Eugène me tenait, sous le coup immédiat des événements que j'ai racontés, ce discours dont je n'ai pas à discuter la logique, et depuis ces seize ans, il est arrivé, à travers quelles autres tempêtes intérieures, je ne l'ai jamais su, à la solution qu'il m'indiquait dans cet entretien et qu'il désirait si passionnément sans que sa raison se rendît tout à fait à ces raisons du cœur qui criaient en lui. Je répète ce que je disais en commençant, que je suis ici un simple témoin et qui n'apprécie pas. Eugène n'a plus aujourd'hui ni son père ni sa mère. Tous deux sont morts : elle, apaisée enfin par le pardon de leur fils ; lui, n'ayant jamais soupçonné que ce fils savait tout. Pierre Robert est mort, lui aussi, quoique Corbières l'ait disputé à la maladie avec acharnement. Et lui-même, ses collègues l'ont vu, avec une stupeur que les années n'ont pas dissipée, brusquement, peu de temps après ces trois morts survenues coup sur coup, quitter sa place enviée de médecin des hôpitaux, sa magnifique clientèle parisienne, la certitude de tous les honneurs, pour entrer dans la congrégation des Frères Saint-Jean de Dieu, vouée, comme on sait, au service des malades. J'étais loin de Paris, lors de cette décision, et l'on comprendra de reste que je n'aie jamais osé l'interroger. Nous n'avons pas cessé de nous voir cependant, et lorsque le hasard d'un voyage dans le Midi m'amène à Marseille, où ces religieux ont une importante maison, je ne manque jamais de rendre visite à leur hôpital, et de demander au parloir le père Saint-Robert. Je retrouve, sous la bure noire de l'infirmier, mon ancien camarade de philosophie, le savant jadis promis à une renommée européenne, l'enfant des deux pauvres égarés que l'amour paternel entraîna au crime. Et, à chaque visite, je le trouve plus calme, plus éclairé de cette certitude qu'il a tant cherchée, avec une expression plus libre dans ses yeux, qui restent si jeunes. Et je comprends deux choses : d'abord qu'il possède aujourd'hui une foi entière, absolue ; ensuite qu'en faisant de sa science la chose de tous, une richesse qu'il prodigue parce qu'il la considère comme n'étant pas à lui, il a découvert le seul moyen peut-être de résoudre le plus douloureux problème où j'aie jamais vu pris un homme, il rend le dépôt dont ses parents ont abusé ; et comme il est resté, même sous son habit, épris de souvenirs classiques, il me cite parfois, – ce serait son seul prosélytisme, s'il n'y avait pas son exemple, – le mot du marchand phénicien jeté par la tempête sur le rivage de l'Attique où il rencontra un philosophe :

– « J'ai abordé au port, quand j'ai fait naufrage... » De tous les hommes de ma génération, je n'ai jamais su si c'était celui que je plaignais ou que j'enviais le plus. Décembre 1898.